कम्मो

कहानी संग्रह

उषा शर्मा

अपना यह कहानी संग्रह मैं अपने भगवान को समर्पित करती हूँ, जिनकी कृपा से मेरे अंदर लिखने की प्रेरणा जागृत होती है और मैं लिखने मैं सक्षम होती हूँ ।

क्रम-सूची

प्रस्तावना

खंडन

इस पुस्तक की सभी कहानियाँ काल्पनिक है किसी भी जीवित या मृत व्यक्ति, जगह या घटना से समानता एक संयोग मात्र है।

भूमिका

श्रीमती उषा शर्मा जहाँ उपन्यास लेखन में सिद्धहस्त हैं वहीं उन्हें बाल कहानियाँ तथा बड़ों के लिए कहानियाँ लिखना भी खूब भाता है।

प्रोफेसर माखनलाल पाराशर फीरोजाबाद ने एक बार अध्यापक प्रशिक्षण कार्यक्रम के दौरान कहा था कि एक अध्यापक को लेखक या पत्रकार भी अवश्य होना चाहिए। उके इस कथन का आशय स्पष्ट करता है कि एक सच्चा अध्यापक बाल मनोविज्ञान, शिक्षा मनोविज्ञान और शिक्षा तकनीकि को भलीभाँति समझता है अतः जब बाल साहित्य के लिए अथवा अभिभावक प्रबोधन के लिए अध्यापक की लेखनी से अनुभूत प्रयोगों का सृजन होगा तो और भी कल्याणकारी होगा।

यह बात श्रीमती उषा शर्मा के सन्दर्भ में बहुत ही सकारात्मक तथ्यों को प्रस्तुत करने के लिए पर्याप्त है क्योंकि वह एक अध्यापिका भी हैं और बाल मनोविज्ञान की पारखी भी। तभी तो उनकी लेखनी से उत्कृष्ट बाल रचनाओं का सृजन होता है साथ ही बड़ों के लिए उपन्यास व कहानियों का भी।

कहानी संग्रह-"कम्मो" की कहानी एक ऐसी कहानी है जो सदियों से चली आ रही रूढ़ियों की कारा से मुक्त करके नारी सशक्तीकरण की पक्षधरता करती नजर आती है तो निर्णय तथा कांटे और फूल जैसी कहानियाँ नारी संघर्ष को व्यक्त करती हैं। कहानी संग्रह कम्मो की अधिकतर कहानियाँ नारी जाति के संघर्ष और बेड़ियों से मुक्त होने की छटपटाहट को अपने अन्दर समाहित किए हुए है।

निश्चित ही ये कहानियाँ समाज के अंधेरे पक्षों से मुक्ति का आह्वान करती हुई कहानियाँ हैं। हिन्दी साहित्य जगत में इस संग्रह का पर्याप्त सम्मान होगा, ऐसी आशा है।

डॉ. दिनेश पाठक 'शशि'
28, सारंग विहार, मथुरा-281006
मोबा-9870631805

पावती (स्वीकृति)

आभार

धन्यवाद पाठकों का और उन सभी मित्रो का जिन्होंने मेरी पिछली पुस्तको को पढकर मेरा हौसला बढाया और लिखने की प्रेरणा दी |

सर्वाधिक शुक्रिया उन सभी का जिन्होने इस पुस्तक को लिखने में मेरी मदद की| प्रतिभा शर्माजी एडवोकेट , योगेश जादोनजी पत्रकार, मृदुला मैम, रीता भाटिया मैम, साधना चतुर्वेदी जिन्होने मुझे लिखने को प्रेरित किया, साथ ही वे सभी लोग जिन्होने कहानियों को सही रूप प्रदान करने में मेरी मदद की साथ ही डॉ.दिनेश पाठक शशि जी का जिन्होंने पुस्तक के प्रकाशन की प्रक्रिया में मेरी सर्वाधिक मदद की |

मेरा परिवार पुत्री प्रेरणा शर्मा , अमितजी, उमेशजी ओर मेरी माँ जिन्होने मुझे भरपूर प्यार दिया साथ ही मेरी व्यस्तता को अन्यथा नही लिया और मेरे लिखने मे मेरी मदद की ।

आमुख

यूँ तो मै बचपन से ही कुछ न कुछ तुकबंदी किया करती थी ,लेकिन मेरे घर में किसी को समझ नहीं आता था ,कि मै क्या और क्यों लिखती हूँ I परिवार की रुढिवादी परम्परा के कारण कोई भी मेरे लिखाण कार्य को अच्छा नहीं समझता था I पापा कहते थे , तुम्ही महादेवी वर्मा बनोगी , मै लिखती और स्कूल की सहेलियों को सुनाती I सन् 1984 में अपनी सहेली शहनाज के समझाने पर प्रकाशित करने का विचार बनाया अब नई समस्या थी ,कि घर में पीटीए चला तो डाँट पड़ेगी अतः सहेलियों ने मेरा नामकरण कर दिया “प्रिया शर्मा “ और मेरी पहली कविता हिदुस्तान अखवार में प्रकाशित हुई तो मुझे बहुत खुशी हुई I इसके बाद हम छिपकर गृहशोभा ,सखी ,देनिक-जागरण आदि में मेरी कहानियाँ और कविताएँ प्रकाशित होने लगीं और मै सिकंदराराऊ कि प्रदर्शिनी मै होने वाले कवि सम्मेलन को मै अपने ताऊजी के साथ नियमित रूप से सुनने जाती थी और मेरे दिलोदिमाग में एक बात थी कि मुझे भी मंच पर काव्य पाठ करना है क्योकि कवियों के गले में पड़ा हार मुझे आकर्षित करता था और मै अच्छे से अच्छा लिखने का प्रयास करने लगी ,सन् 1988 में अलीगढ़ में काव्य प्रतियोगिता के आयोजन मे प्रान्पीटी विशेष पुरस्कार ने मेरे होसलों को और बुलंद कर दिया I 1989 में राजस्थान पत्रिका लीला अभिव्यक्ति मे प्रकाशित लेख “विधवा विवाह आह या वाह” से मुझे बहुत से प्रशंसा पत्र प्राप्त हुए ,जिनमे एक फिल्म सिंगर नरेंद्र राठौड का पत्र था I नरेंद्र जी की सलाह पर हमने उन्हें अपना लिखा उपन्यास आसूँ उन्हे भेजा और1994 में वह राजस्थानी फिल्म के लिए चुना गया I उसके बाद मै सिकंदराराऊ के काव्य गोष्ठियों में नियमित रूप से जाने लगी ,क्योकि तब तक मेरे पिताजी का सहयोग मुझे मिलने लगा था ,परंतु 1995 में मेरी शादी के बाद 2007 तक मेरे लेखन कार्य में व्यवधान उत्पन्न हो गया I

वहीं 2001 में मैंने साधना चैनल के “ ये कैसा मिशन “सीरियल के 15 एपिसोड में भी कार्य किया यहाँ भी दोनों परिवारों के विरोध के कारण

हमे अपने कदम पीछे करने पड़े I 2007 में मथुरा आने के बाद मेरी मुलाक़ात सुमन शर्मा , मानवीर मधुर ,निशेष जारजी ,मेथिली जी ,सुधा जी से हुई तो हमने अपने लेखन कार्य को पुनः प्रारम्भ किया तब से ही हम नियमित रूप से कवि सम्मेलनों और आकाशवाणी पर काव्य पाठ व कहानी पाठ कर रहे है I 2017 में अपनी पुत्री के द्वारा एक उपन्यास के विज्ञापन करने बाद हमारे अंदर छिपा लेखक उभरा और एक पुराना रखा उपन्यास ''ब्लू रोज़ पब्लिकेशन " द्वारा प्रकाशित करवाया और उसके लिए आए प्रशंसा पत्रों ने मेरी हिम्मत को उड़ान मिली और मै एक के बाद एक उपन्यास लिखती गई और रमाशंकर पाण्डेयजी की सलाह पर की मैं गद्य बहुत अच्छा लिखती हूँ मेरे अब तक 3 उपन्यास 1 कहानी संगृह भारत से और एक उपन्यास अंग्रेजी उपन्यास यू॰ एस॰ ए॰ से प्रकाशित हो चुके हैं I

मेरे उपन्यासों, कहानियों मैं मेरे आस –पास की घटनाएँ हैं, इसके पात्रों में आप कहीं न कहीं आप स्वयं को भी पाते है , उपन्यासों में नारी मन की पीड़ा को पूर्ण रुपेण उतारने का प्रयास किया है I

मैं मथुरा के वरिष्ठ साहित्यकार डॉ . दिनेश पाठक 'शशि' का पुनः-पुनः विशेष आभार व्यक्त करती हूँ जिन्होंने मेरे इस कहानी संग्रह के प्रकाशन में तो सहयोग दिया ही साथ ही इसकी भूमिका लिखकर मुझे कृतार्थ कियाI

इस कहानी संग्रह की प्रतिक्रिया स्वरूप आपका प्यार,दुलार आपकी आलोचना दोनों ही मेरे लिए मूल्यवान और उपयोगी होंगी , यही भाव भूमि को लेकर कर कमलों में इस उम्मीद से सोंप रही हूँ ,की यह "कहानी संगृह" आपको पसंद आएगा I

उषा शर्मा

E महाविद्या कालोनी

मथुरा 281001

9997683004, 8532953835

ISBN :
पुस्तक- कम्मो (कहानी संग्रह)
लेखिका-- उषा शर्मा
प्रथमसंस्करण- 2022
मूल्य-बैक आवरण परमुद्रित है
प्रकाशक/वितरक-
एक्सप्रेसपब्लिशिंग,
नम्बर-8, 3-क्रासस्ट्रीट,
तमिलनाडु600004 (मद्रास)
publish@notionpress.com
Phone : +91 44 46315631

1

कम्मो

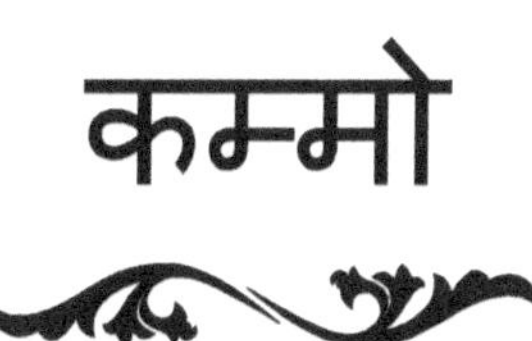

दीनानाथ जी छत पर बैठे धूप सेक रहे थे कि पाँव दबाने वाले नौकर ने धीरे से कहा-'पता है बाबूजी, कम्मो का कहीं पता नहीं चल रहा। पता नहीं क्या हुआ, कहाँ गई बेचारी।'

"क्यों कल तक तो यहीं थी।"- दीनानाथ ने आश्चर्य प्रकट किया।

'हाँ बाबूजी, कल तक यहीं थी पर रात में कहीं चली गई।

"तो जाने दो न। तुम सब को उसकी इतनी फिक्र क्यों रहती है।"- दीनानाथ थोड़ा उखड़ से गये थे।

कम्मो को देखकर सभी के दिल हिलोरें मारने लगते थे। उसे आते देखकर कई बार तो दीनानाथ जी के मन में भी हूँक उठती थी परन्तु सभ्य समाज का नियम होता है कि पराई औरत को देखकर मन को काबू में रखें, नहीं तो तौहीन हो जाती है। इसी नियम की खातिर उन्होंने कभी कुछ कहा नहीं। वह सोचते कि ऊपर वाले का भी अजीब विधान है। अधिकांश पैसा वालों की जनानियाँ अपनी सुन्दरता व्यूटी पार्लरों में खोजती फिरती हैं और गरीब गुरबा की जनानियों को इतना रूप-सौन्दर्य दे देता है कि जिसे देख सबके मुँह से लार टपकने लगती है।

कम्मो गाँव की कुम्हारिन की बेटी, जिसे उसका पति कई साल पहले छोड़ गया था। पिता का साथ व साया क्या होता है वह जानती ही नहीं थी। उसकी माँ भी युवावस्था में बहुत सुन्दर थी। उसकी सुन्दरता की चर्चा भी दूर-दूर फैली थी।

चर्चा फैली कि कलावती उसी मर्द से पेट से हुई है जो उसके साथ रहता था। वह पति था या कोई और यह कोई नहीं जानता था क्यों कि कलावती को कभी किसी से बातें करते किसी ने नहीं देखा था। वह हमेशा अपने काम से काम रखती थी।

वह सुनील, हाँ यही नाम तो था उसका जो उसके साथ रहता था, के बनाए बरतन गाँव भर में बेचती और घर का काम करती। सुनील तो बस घर में पड़ा रहता, चिलम सुलगाता। कभी-कभार बरतन बनाता। उसी से घर का गुजारा होता था। घर के नाम पर एक छोटा सा कमरा फूंस के छप्पर से ढका हुआ। जो बरसात के समय में टपकने भी लगता था।

एक दिन सुना कि सुनील किसी दूसरी औरत के साथ भाग गया। रोती कलपती कलावती अकेली रह गयी। कभी वह खेतों में काम करती तो कभी मेहनत मजदूरी करती। शादी विवाह के अवसरों पर वह पूड़ी बेलने, बरतन माँजने का काम करती और अपना और कम्मो का पेट पालती। धीरे-धीरे कम्मो बड़ी होने लगी और कलावती बूढ़ी हो चली।

कुछ तो उम्र, कुछ समय के थपेड़ों ने कलावती को उसी प्रकार कमजोर बना दिया था जैसे तेज आंधी फसल को उड़ा देती है। उसकी सुन्दरता भी उसी प्रकार खत्म हो गयी थी। गाल लटक गये थे। आँखें धंस गयी थीं। आज स्थिति ये हो गई थी कि जो लोग उसे देखकर आहें भरते थे, वे आज उससे आंखें चुराने लगे।

समय बदल चुका था। अब सब कम्मो को आते-जाते देखकर आहें भरने लगे। फब्तियाँ कसते। सभी की नजरें उसकी खुली टाँगों से टकरातीं। वे ललचा उठते पर कम्मो की टेड़ी नजर देखकर उसे छूने का साहस किसी के अन्दर नहीं होता था। बस वे दूर से ही ललचाते और अपनी आँखें सेकते रहते। ऐसा नहीं था कि कम्मो को अहसास नहीं था पर सख्त रहने के सिवा वह कर भी क्या सकती थी।

एक दिन चलते-चलते कम्मो दिखाई दी तो दीनदयाल जी का उससे बात करने का मन हुआ। दीनदयाल जी जब अपने को नहीं रोक पाये तो पूछ बैठे-'कहाँ से आ रही हो कम्मो?'

"कहीं से नहीं, खेत पर गई थी। वहीं से आ रही हूँ बाबूजी।"- कहते हुए कम्मो ऐसे अल्हड़पने से हँसी कि बस...।

'कम्मो, मुझे तुमसे कुछ पूछना था।'-दीनदयाल जी ने धीरे से कहा।

"नही बाबूजी, यहाँ नहीं। यहाँ मुझसे बात करना आपकी इज्जत के लिए ठीक नहीं है। मैं कल सवेरे आपके घर आ जाती हूँ फिर बैठकर बात करेंगे"- कहती हुई कम्मो हँसती हुई चली गई जिसे दीनानाथ जी जाते हुए देर तक देखते रहे और सोचने लगे 'ऊँच-नीच की कितनी चिन्ता है इसे।'

रात भर दीनानाथ यही सोचते रहे कि कल कम्मो से क्या-क्या बातें करेंगे। उनकी अब तक की चाह आज प्रेम में बदलने लगी थी। वह शान्त भाव से रात भर दूसरे दिन के ख्यालों में खोये-खोये ही सो गए।

सुबह से ही उन्हें कम्मो का इन्तजार था। अब दोपहर हो गई थी पर कम्मो का दूर तक कोई अता-पता न था। एक मन कह रहा था कि वह नहीं आयेगी पर दूसरे ही पल लगता कि वह झूठ नहीं बोल सकती। आएगी जरूर। सोचते-सोचते इसी ऊहापोह में दीनानाथ आँगन में चहल-कदमी कर रहे थे कि दूर से कम्मो आती दिखाई दी। वह अपनी मस्ती में चल रही थी। हाथ में पकड़कर अपनी लम्बी चोटी को भी लहराती आ रही थी। उसने दरवाजे पर आकर इधर-उधर देखा, मानो वह स्वयं तय करना चाहती थी कि कोई देख तो नहीं रहा है। यह तय करने के बाद उसने दीनानाथ जी के घर के अन्दर प्रवेश किया और धीरे से दरवाजा बन्द कर दिया।

"कम्मो, तुम बार-बार कहाँ चली जाती हो? गाँव वाले जाने क्या-क्या...."-दीनानाथ ने वाक्य अधूरा ही छोड़ दिया।

"अरे बाबूजी- आपुऊ,... आपु ते तो मोय जा बात की उम्मीद नांय ही परि जब आपुने पूछी है तौ बताए देते हैं कि हम अपनौं पेट पालिबे के लैं कामु करैं हैं। बारात शादी दिन में तो हाबैं नांय हैं और खेतन में कोई रोज-रोज कामु मिलत नाहिं तो हम अगर लोगन की बात पर ध्यान देवत रहे तो भूखे मर जाबिंगे और जो मैया नै हमें पालि-पोसि कैं इत्तौ बड़ौ कियौ है बाकौ कर्ज कैसे चुकाबिंगे?" -कहकर कम्मो हँसने लगी। उसकी हंसी ने दीनानाथ को अन्दर तक हिला दिया। वह उस अल्हड़ अनपढ़ बालिका के वाक्यों को सुनते रह गये। उसकी हंसी ने दीनानाथ को अन्दर तक हिला दिया। वह उस अल्हड़ अनपढ़ बालिका के वाक्यों को सुनते रह गये।

'कम्मो एक बात पूछूं?'-उन्होंने अपने अन्दर हिम्मत जुटाते हुए कहा।

"हाँ बाबूजी कहौं न।"

'तुम शादी क्यों नहीं कर लेती? एक सहारा मिल जाएगा और फिर ये लोग तुम्हें परेशान भी नहीं करेगें।'

"शाऽऽदी?" - कहकर कम्मो ऐसे हंसी जैसे दीनानाथ जी ने कोई अनहोनी सी बात कह दी हो।

"कहा कहि रहे हौ बाबूजी! शादी कर लू ? कौन ते? कौन करैगौ मोते शादी और करैगौऊ तोऊ तौ मैया की तरियांई कछू दिना मौज मस्ती करिकै छोड़ि छाड़ि कै भागि जाबैगौ। औरु फिर ते एक नई कम्मो जनम लै लेगी, अबकी बेरि मेरी कोखि ते।"- कहते हुए कम्मो की आवाज में दर्द उभर आया था। उसका यह दर्द दीनानाथ जी को अन्दर तक हिला गया।

'कम्मो यदि वह व्यक्ति मै हूँ तो?'-दीनानाथ के हृदय में दैहिक सुख से अधिक कम्मो की हित साधना का भाव ही अधिक था।

"क्ऽऽया?" - सुनकर कम्मो का मुँह खुला का खुला रह गया।

'हाँ कम्मो, मैं। मेरे मन में तुम्हारे लिए केवल तुम्हें भोगने की लालसा नहीं है।'

"ठीक है, ऐसौ है तौ एक बार मैया ते बात कर लऊं"-कहते हुए कम्मो बाहर निकल गयी। दीनानाथ जी के प्रति उसके मन में श्रद्धा का भाव जाग्रत हो उठा।

****

दूसरे दिन पूरे गाँव में यह खबर फैल गई कि कम्मो कहीं चली गई है। दीनानाथ जी को विश्वास नहीं हुआ। वे अपने मन में बहुत दुःखी हुए। कहीं मेरे कारण ही तो....मुझे कम्मो से वह सब नहीं कहना चाहिए था। शायद बुरा मान गई। या फिर ऐसा भी हो सकता है कि वह पहले से ही किसी को चाहती रही हो और उसी के साथ..... घर वसा लिया होगा।

धीरे-धीरे दीनानाथ सब कुछ भूलने की कोशिश करने लगे पर कभी-कभी उनका मन कह उठता कि हे ईश्वर फिर किसी कम्मो की उत्पत्ति न हो। बस अब एक और कम्मो नहीं। लोगों के ताने सुन-सुनकर कम्मो की माँ भी कहीं चली गई थी।

कुछ महीने गुजरते ही कम्मो को लोग भूलने लगे थे। कि एक दिन अचानक कम्मो की कोठरी में हल्की रोशनी दिखाई दी। कुछ मनचलों ने कोठरी में झाँककर देखा। कम्मो को अन्दर देखकर उन्होंने सारे में हल्ला मचा दिया-"कम्मो फिर से आ गई।"

लोग दबी जुबान से फिर से वही बातें करने लगे। सबके अपने-अपने विचार थे। कोई कहता माँ के पद चिन्हों पर चल रही है। कोई कहता जाने किस किस के साथ मुँह काला करके लौटी है। कोई कह रहा था-' अरे पता नहीं किसका पाप पेट में पाले है।"

जितने मुँह उतनी बातें। लोग तरह तरह की बातें करते जिन्हें सुनकर दीनानाथ जी का मन व्याकुल हो उठता। उन्होंने निर्णय किया कि वह सच जानकर रहेंगे। इसी निर्णय ने उनके कदमों को कम्मो की कोठरी की ओर बढ़ा दिया। जैसे ही दीनानाथ ने कम्मो की कोठरी के अन्दर कदम रखा आहट सुनकर कम्मो ने कराहते हुए पूछा-"कौन है?"

'मै, दीनानाथ।' दीनानाथ ने अन्दर आते हुए पूछा-'कैसी हो कम्मो? और अचानक इतने दिन से कहाँगायब हो गई थीं तुम?'

"अरे बाबूजी आप!"- कम्मो की आवाज कांप रही थी।

'हाँ कम्मो, बाहर इतनी बातें चल रही हैं जिन्हें सच मानने को मन तैयार नहीं था सो सच जानने के लिए तुम्हारे पास ही चला आया मैं। कहाँ चली गई थी तुम इतने महीनों से?'- दीनानाथ जी ने फिर से अपना प्रश्न दुहराया।

"सब बताबतिऊ बाबूजी। तुमते कहा छुपायबौ। तुमकूँ सब सच-सच बताउंगी। बाबूजी मेरी जि हालत करिबे बारे कौ नामु सुनिकैं गुस्सा तौ नाँय होऔगे?"

'तुम बताओ न कम्मो, मैं वही तो जानने के लिए तुम्हारे पास आया हूँ।'

"बाबूजी, आपु रमाशंकर पुजारी कूँ तौ जानौ हौ? बूं ही जो शिवजी के मन्दिर में बैठें है?"-कम्मो के चेहरे पर नफरत साफ झलकने लगी।

'हाँ-हाँ, खूब अच्छी तरह जानता हूँ पर उसने क्या किया कम्मो? वह तो मंदिर का पुजारी है न।'

"पुजारी नाँय राछस है बूं। बानैंई तौ मेरौ जि....।"

'अरे कम्मो, तू होश में तो है। तुझे मालुम है तू कह क्या रही है? वो पुजारी हैं, पूरा गाँव उन्हें पूजता है। उनके लिए यह भाषा उचित नहीं है।'- दीनानाथ ने समझाते हुए कहा।

"नाँय बाबूजी, बूं जेई कहलाइबे के लाइक है। बूं तौ भेड़िया है। छुपौ भेड़िया। अच्छौ होतौ मैं बा दिना बाई समैं तिहारी बात मान लेती तौ आजु जि दिन नाँय देखनौं परतौ।" - कम्मो की आँखों से धार बह निकली-" जानौ हौ बाबूजी, मैं तिहारी बात सुनिकैं अपने मन में फूली नाँय समाई ही याही ते तिहारे घर ते सीधी मन्दिर गई ही ऊपर बारे ते आशीरवाद लैबे कूँ, परि मेरी तकदीर में तिहारौ संग साथु कहाँ लिखौ हो।"-कम्मो की सिसकी अब रुलाई में बदल गई थी,-

"पतौ नाँय जानै कब ते घात लगाए बैठौ हौ मुआ जैसैई मैं मन्दिर जाय कैं झुकी बानै मेरे म्हौं पै अपनौ हाथ धरि दयै और मैं गिर परी। जब मेरी आँखि खुली तौ मैं बर्बाद है चुकी ही। मेरे हाथ-पाँम बाँधिकै बा राछस नैं मोय पीछे की कोठरी में डारि रखौं हो। रात-दिना बूं मोय सताऔ करै हो। मोय नौंचों करैओ। मेरी आतमा पूरी तरियाँ अब मर चुकी ही।"- कम्मो बताते-बताते अब हांफने लगी थी।

दीनानाथ को जैसे लकवा मार गया हो। क्रोध वश उनकी मुट्ठियां भिंच गई थीं।

कम्मो ने कहना जारी रखा-" फिर एक दिना जब बा राछस कूँ पतौं चलौ कै मैं पेट ते हूँ तौ बूं मोय चुपके ते जंगल में छोड़िकें भागि आयौ। मैं इतै-उतै भटकिबौ करी। अस्पताल हू गई जा पाप की निशानी कूं मिटायबे कैं लैई। परि अस्पताल बारेनु नें 'भौतु देर है गई' कहि कैं मोय बापस करि दयै। एक बार खुदि कूं मारनौ चाहौ परि मैं बामैऊ सफल नाँय भई बाबूजी और अब, तब तक जीनौ परैगौ जब तक जि संसार में न आ जाय।"

कम्मो इन सब स्थितियों के लिए तुम तो दोषी नहीं हो। तुम्हारे साथ जो कुछ भी हुआ बहुत बुरा हुआ लेकिन मैं फिर से कह रहा हूँ कि अभी भी कुछ नहीं बिगड़ा है। मैं आज भी तुम्हें अपनाने के लिए तैयार हूँ। अगर तुम चाहो तो।'

दीनानाथ की बात सुनकर कम्मो बिफर उठी-"नही बाबूजी, अब मैं आपके लायक नाँयं रही। सारी दुनिया मोय कुलटा, कुलच्छिनी मानैं। मैं अब खराब है चुकी हूँ, नाँयं बाबूजी अब नाँय।"

'कम्मो मेरा प्रेम पवित्र है। मेरे प्रेम पर तुम्हारी इस दशा से कोई फर्क नही पड़ेगा।'-दीनानाथ जी ने जबाव दिया।

"परि जे मेरी कोखि में जो पलि रहौ है?"

'आगे चलकर यह मेरा कहलाएगा। मैं दूँगा इसको सबके सामने अपना नाम। बस तुम हाँ कह दो। बाकी सब मैं संभाल लूँगा। देखों मैं तुम्हें अपनी पत्नी बनाना चाहता हूँ, सबके सामने।"

"सच बाबूजी? मै कोऊ सपनौं तौ नाँय देखि रई? हे ऊपर बारे तेरी हू लीला...."-कम्मो के दोनों हाथ जुड़कर ऊपर उठ गये।

'हाँ कम्मो हाँ।'

"का आपु सच्ची में मोय अपनी घरबारी बनानौ चाहौ?"-कहते हुए कम्मो दीनानाथ के सीने से जा लगी जैसे कोई गौरेया अपने घौसले में जा छिपती है।

****

दो दिन में ही पूरे गांव में यह खबर आग की तरह फैल गयी कि दीनानाथ ने छोटी जात की कम्मो से ब्याह कर लिया है। सभी आश्चर्य चकित थे। बात जब रमाशंकर तक पहुँची तो वह डर गया। उसे डर था कहीं दीनानाथ उसे बदनाम न कर दें इसीलिए उसने गांव के सभी लोगों को इकट्ठा करके अपनी बात रखी और समझाया कि ऐसे व्यक्ति को गांव से निकाल देना चाहिए। यदि हमने इन्हें सजा नहीं दी तो कल को गाँव के और लड़के-लड़कियों पर भी यही असर पड़ेगा। हर लड़का- लड़की यह सब करने लगेगा। सारे गांव की बदनामी हो जाएगी। बिरादरी की लड़कियों की शादी अच्छे घरों में नहीं हो पायेगी।

"तो पुजारी जी आप ही बताएं, अब क्या करें।"- एक बुजुर्ग ने पूछा।

"करना क्या है, गाँव से बाहर निकाल दो दोनों को।"-पुजारी ने उत्तर दिया।

"हाँ-कहते तो तुम ठीक ही हो।"-सभी ने एक स्वर में कहा।

दूसरे दिन पंचायत बैठी। कम्मो और दीनानाथ को बुलाया गया। पुजारी जी शान से बैठे थे। उन्हें पूरा विश्वास था कि आज तो हर कीमत पर उन दोनों को गाँव से बाहर निकाल ही दिया जाएगा और उनके मन का डर हमेशा-हमेशा के लिए खत्म हो जायेगा। इसी विश्वास में वह तने खड़े थे।

दीनानाथ को बुलाने जाने वाले लोग वापस आए। उनके साथ दीनानाथ जी व कम्मो थे।

कम्मो ने लोगों द्वारा किये जा रहे प्रश्नों की बौछार के जबाव में बस इतना ही कहा-

"पुजारी जी आपुई सबकूं सचु-सचु बताऔंगे कैं मैं बताऊं सबनु कूँ तिहारी सबु बातें? बताऔं पुजारी जी, सच्ची बात का है। मैं बताउंगी तौ लोग कहिंगें कै छोटी जाति की हूँ याते झूठ बोलि रही हूँ। बताऔं पुजारी जी-बताऔं सबुकूं कैं मन्दिर के पीछें की कोठरी में का है। बोलौ मैं बताय दऊं या तुम बताय रहे हौं?

कम्मो तेज हाँफती आवाज में बोलती जा रही थी। उसकी आवाज और आत्म विश्वास सबको विश्वास दिला रहा था कि कम्मो जो कुछ रहस्य बताना चाह रही है जरूर ही उसमें कुछ सच्चाई जरूर है।

कम्मों की बात सुनकर सभी की नजर पुजारी जी की ओर उठी पर पुजारी जी तो वहाँ थे ही नहीं। पुजारी जी को सभी लोगों ने ढूढ़ा परन्तु दूर-दूर तक भी उनका पता नहीं था। न जाने कब वह सबकी आँख बचाकर निकल चुके थे.....।

सबके बीच अब खुसुर-पुकुर तेज हो गई थी। सबके सामने पुजारी जी की असलियत आ चुकी थी। परन्तु दूसरे दिन की सुबह के साथ ही एक बात पूरे गांव में फैल गई कि कम्मो की कोठरी फिर से खाली पड़ी है। वह फिर से गाँव छोड़कर जा चुकी थी लेकिन इस बार गाँव से दीनानाथ जी भी गायब थे।

2

निर्णय

-

रीना कुछ बनना चाहती थी, परन्तु उसके पिता तो जैसे पिता न होकर उसके दुश्मन थे। जो उसकी हर बात पर सिर्फ डॉटना ही जानते थे। फिर एक दिन तो उसको घर में ही कैद कर दिया गया। वह इन सब बातों को सहन करने में असमर्थ थी। आखिर में उसने एक ऐसा निर्णय लिया, जिससे उसके पिता को अपनी भूल का अहसास हो गया-

"रीना यहाँ क्या खड़ी है, जाकर अपना काम करो कड़क आवाज ने उसका दिल बैठा दिया, वह जैसे ही चलने लगी माँ की आवाज ने उसके कदमों को रोक दिया जरा एक गिलास पानी दे जाना।

"जी अभी लाई"-कहकर रीना वहाँ से जाने लगी-तो पीछे से आती हुई आवाज ने उसे रोक दिया---"यह क्या वही रीना है?" विश्वास नही होता एक हसँमुख, हर वक्त हँसते रहने वाली कभी, किसी की बात का बुरा नहीं मानती थी, वह नही वह यह कभी नहीं हो सकती। झूठ मत बोल कमला यह तेरी बेटी रीना नही है। अब मैं तुम्हें कैसे विश्वास दिलाऊँ जीजी- यही मेरी रीना है,पता नही क्या हो गया है ? न किसी के जाने का दुःख बस जितना कहों-बिना कुछ कहे कर देगी और पड़ी रहेगी। उसकी माँ ने दुःखी होते हुए कहा।

क्या तूने इससे कभी बात की है? रीना की मौसी ने उसकी माँ से पूछा क्यों नही पूछा-बस एक ही जबाब है-- अब तुम चिन्ता मत करो, माँ मैं

बिल्कुल ठीक हूँ मुझे कुछ नही हुआ है, अब तुम्ही बताओ कि मैं क्या करूँ माँ ने परेशान होते हुए कहा।

माँ ने उत्तर ने रीना को अतीत में पहुँचा दिया-वह सोचने लगी क्या वह हमेशा की ही ऐसी थी। नही वह ऐसी कभी नही थी, अभी दो बरस पहले की ही तो बात है, मम्मी के साथ वह भी आगरा भइया की शादी में गयी थी, तो सभी उसके ही व्यवहार की ही तारीफ करते नही थक रहे थे, हर तरफ रीना-रीना की ही पुकार थी, अन्य लड़कियाँ तो उससे जलने भी लगी थी, संजय ने तो उसके एम.ए. से पढ़ रही है, बताने पर उसका नाम ही झूठी ही रख लिया। जब उसे असलियत पता चली तो वह शर्मिन्दा होते हुये माफी माँगते हुये बोला-"सॉरी रीना तुम तो बिल्कुल बच्ची लगती हो, लगता है, कोई हाईस्कूल-इण्टर की लड़की हो एम.ए. तक आते-आते तो लड़किया में घमण्ड समा जाता है और तुम तो बस"

"बस या और कुछ भी ताना देना है"-कहकर वह खिलखिला कर हँस पड़ी। देखिये महाराज-जो शिक्षा इन्सान को घमण्ड सिखाती हो वह तो कभी शिक्षा हो ही नही सकती और संजय तो इसके बाद उसका दिवाना सा हो गया था, उसके जाने पर परेशान भी हो गया था।

समय बीतते-बीतते उसका एम.ए पूरा हो गया, वह कभी खाली नही बैठती, समय बिताने के लिये उसने नौकरी भी कर ली। यहाँ भी वह हर किसी की चहेती थी, हर कोई उससे प्यार करता था। वह सबसे छोटी थी, यदि एक दिन भी देर हो जाती तो सभी परेशान हो जाते।

"यह कोई आने का वक्त है, आठ बजे का स्कूल है, और आप साढ़े आठ बजे आ रही है.....यह स्कूल है मैडम-यहाँ समय से आना पड़ता है"--- प्रिंसीपल ने डाँटते हुये कहा।

"सॉरी सर कल से ऐसा नही होगा"---धीरे से कहकर वह क्लास में आई , तो उसकी जगह पर क्लास ले रहे अध्यापक ने पूछा-रीना जी आज देर कैसे हो गयी। कुछ नही, बस ऐसे ही कहकर उसने पढ़ाना शुरू किया। थोड़ी देर बाद ही नौकरानी ने आकर पूछा "बेटा आज देर कैसे हो गई बेटा "

"कुछ नही अम्मा"_ बस ऐसे ही कहते-हुये उसने काम करना शुरू किया। वह सोचने लगी-अगर घर पर कुछ हो जाये तो कोई पूछने वाला

नही है ,यहाँ कोई देर से आये, जल्दी किसी को मतलब नही। वह देर से आयी है तो सब के प्रश्न खड़े है।

मैडम आपको सर बुला रहे है, कहते हुये आशा ने उसकी तन्द्रा भंग की ठीक है "मैं आ रही हूँ" रीना ने सक्षेप में कह दिया।

"सर आपने मुझे बुलाया"-रीना नें ऑफिस में आते हुये पूछा। अरे हाँ हाँ-"आओ मुझे तुमसे एक जरूरी काम थ"----बैठों प्रिसीपल साहब ने कुर्सी की ओर इशारा करते हुये कहा। जैसे ही वह कुर्सी पर बैठी। प्रिंसीपल ने पूछा रीना यदि मैं तुमसे एक दोस्त की हैसियत से कुछ पूछं तो झूठ तो नही बोलोगी" नही सर-उसने उत्तर दिया। रीना मै पिछले तीन चार दिन से देख रहा हूँ-कि तुम्हारा काम में मन नहीं लग रहा और देर से भी आई हो, क्या कारण है? कुछ नहीं सर मन यूहीं परेशान है। लेकिन आप चिन्ता मत कीजिये आगे से शिकायत का मौका नही मिलेगा वो तो मझे विश्वास है। मगर मै वह जानना चाहता हूँ जो तुम्हारी परेशानी का कारण है वह कुछ नही बता सकी सिर्फ रो पड़ी। उन्होनें उसे चुप कराया और कक्षा में भेज दिया।वह आश्चर्य में थी क्यों उससे सब परेशान होकर सवाल कर रहे थे।

साल बीत गई , उसने नौकरी छोड़ दी, मगर याद थी, कि पीछा ही नही छोड़ती थी और अब तो उम्मीद और आशाओ के खण्डहर हो गये थे, वह राख थी, जो बिना जले ही बन गई थी। आकाश की आजाद चिड़िया को कैद कर लिया गया। हंसी को उदासी में बदल दिया गया।कितनी इच्छा थी, उसकी पी.एच.डी. करने की, मगर, इच्छायें तो जैसे मार दी गयी थी। उसके पिता ने बाहर से आने वाले हर इन्सान से न मिलने देने, घर की चैखट को भी पार न करने की सजा दी उसे। और पाप भी क्या, कि उसका हंसमुख होना ही तो सबसे बड़ा अपराध था।

वह अतीत से वह वर्तमान में तब आयी" जब उसे पिता की दहाड़, सुनाई दी "पानी भी नही लाई" ___सुनो जी इस लड़की पर निगाह रखो यह घर से निकलती तो नही है, पिता की बात सुनकर उसने पानी दिया और अन्दर जाकर रोने लगी। मौसी की समझ में सब कुछ आ गया, उसने रीना को चुप करना चाहा तो वह और रोने लगी कहा बस इतना ही-"मौसी ये मुझे कैद में नही रख सकते मै बाहर जाऊँगी जरूर जाऊँगी"

मौसी डर गयी थी कि क्या करेगी यह मगर इस समय कुछ कहना व्यर्थ समझ वह वापस चली गयी।

कुछ ही दिन बीते अखबार की खबर ने सबके दिल को दहला दिया मुख्य पृष्ठ पर ही छपा था _"पिता की कैद से परेशान युवती द्वारा आत्म हत्या "जिसने भी पढ़ा उसने ही दोष दिया, मगर पिता तो सिर्फ इतना ही कहते-मैं तो इसे घर में रखकर इसे ढंग सिखा कर इसकी शादी करना चाहता था। मुझे क्या पता था कि यह ये सब कर लेगी लेकिन उसे अपनी बेटी का पत्र पढ़कर ही अक्ल आई कि वह कातिल है उन्होनें अपनी बेटी की जान ली है उसने मरने से पहले ही पत्र लिखा था-"कि मै खुदकुशी कर रही हूँ अपनी मौत की जिम्मेदार मैं खुद हूँ मैं बीमारी से परेशान होकर मर रही हूँ अतः किसी को कुछ न कहा जाये"--दूसरा पत्र पिता के नाम था "पूज्य पिताजी मैंने आपसे कहा था-कि मैं कैद से भाग जाँउंगी तो आपने मुझ पर पहरा कड़ा किया था, मगर मैं जा रही हूँ, आपके पहरेदार और आप रोक सके, तो रोक ले एक बात और आप मेरी शादी चाहते थें और मैं हमेशा कहती थी कि कुछ बनने से पहले शादी नही कर सकती, आप मेरी इच्छा नहीं मान सके मेरी हर चीज मेरे साथ जला देना आशा यह इच्छा तो आप अवश्य पूरी करेगें"

पिता ने रूधे गले से कहा-"हाँ बेटी मैं तुझसे हार गया, कभी नही हारा था मैं। मगर तेरे निर्णय ने मुझे हरा दिया बेटी तेरी यह इच्छा जरूर पूरी करूँगा।"

जरूर पूरी करूँगा

3

कांटे और फूल

कामिनी ने शुरू से ही कांटों में रहना सीखा था मगर वह दुनिया को दिखाना चाहती थी कि वह अकेली है तो क्या हुआ ? वह सब कुछ कर सकती है और उसने वह सब कर दिखाया जो उसने सोचा था वह काटों से निकल कर फूलों में जी रही थी

कामिनी सिर्फ एक साल की थी, कि उसके पिता की मृत्यु हो गयी। उसकी माँ ने उसको माता-पिता दोनो बनकर पालना शुरू किया मगर शायद किस्मत उसका साथ छोड़ चुकी थी अतः दो वर्ष की होते ही माँ भी चल बसी उसी समय बुआ ने उसे माँ का प्यार देना शुरू कर दिया।

लेकिन यहाँ भी किस्मत ने उसके साथ कितना क्रूर मजाक किया, कि थोड़ी बड़ी हुई कि उसकी बुआ को उसके नाम से जमा धन की खबर हो गई तो उसकी जिन्दगी नरक बन गयी । सब उसे नौकरानी समझने लगे। उसका धन तो वह पहले ही धोखे से हड़प चुके थे उससे सारे घर का काम लिया जाने लगा, और बदले में सिर्फ दो वक्त का खाना ही नसीब था एक दिन की घटना ने तो उसे तोड़ ही दिया बुआजी एक पड़ोसन से कह रही थी कि कामिनी न जाने क्या गुल खिलायेगी हमारी तो नाक में दम कर रखा है। इस लड़की ने न जाने कौन सी मनहूस घड़ी थी जब हम इसे ले आए थे ।

हाँ-हाँ बहन मुझे भी कुछ दाल में काला लगे है मैं तो कहूँ कि इसे अपने घर मैं न रखो वही अच्छा है। पड़ोसन ने सीधा सा उत्तर दिया

अच्छा तो यह मेरे बारे में ऐसा भी सोचती है, कामिनी खुद परेशान थी। अतः उसने एक दिन बिना कुछ कहे घर छोड़ दिया और कहीं अधेरे में खो गयी।

कहाँ होगी कामिनी पता नही कैसी होगी बुआ को अब अपनी गलती का अहसास हो गया था। जब उन्हे कामिनी के विषय में पीटीए चला तो उन्होने बुलाने का बहुत प्रयास किया पर कामिनी ने उनके बुलाने पर सिर्फ इतना कहा ___नही बुआ अब देर हो चुकी है।

उसकी एक ही सहेली थी सीमा कुछ थी वह उसके लिये। 'यह मेरे भाई है रवि है' सीमा ने कामिनी को अपने धर्म भाई से मिलाते हुये कहा औरभइया यह है मेरी बहन कामिनी बेहद होशियार मगर अकेली कहते हुए उसने होठ काट लिए जैसे उसने कोई गलती कर दी हो

"अच्छा तो अब आप लोग बाते करिये, मैं चाय लेकर आती हूँ"-- कहती हुई सीमा चली गई, तो रवि से बाते शुरू हुई तो उसे रवि की बातों में बेहद अपनापन लगा रवि के साथ बात करने से उसे पता चला कि उसके और दो भाई है, जिनमे वह सबसे छोटा है उसकी एक बहन सीमा भी है। अतः जब उसे छोटी बहन के रूप में कामिनी मिली तो वह भी बहुत खुश था।

अरे कामिनी मेरा एक स्वेटर बुन दोगी क्या ? रवि ने कामिनी से पूछा।

यह भी कोई पूछने की बाते है-कामिनी ने हॅसते हुए कहा बस आप ऊन ला दीजिए स्वेटर तैयार हो जाएगा।

कुछ दिन बाद जब वह रवि भइया के घर गई तो अन्दर की बातों ने उसे तोड़ ही दिया उसकी बड़ी भाभी कह रही थी माँ जी रवि के ढग कुछ ठीक नही लग रहे है-कामिनी को तो वो बहन मानता है मगर मुझे तो दाल में काला नजर आ रहा है-कामिनी जब औरों से काम करने के पैसे लेती है तो रवि से लेने में एतराज क्यूँ?

कामिनी उल्टे पांवों वापस आ गयी, उसने कभी नहीं सोचा था कि इसका परिणाम इतना भंयकर भी होगा जिसे वह भाई समझती उस पर ही शक, वो भी उसी के परिवार वालों के द्वारा। वह यह सोचते सोचते कब सो गयी उसे पता नहीं चला।

दूसरे दिन ही रवि घर पर आया अरे "इतना मुँह क्यों फूला हुआ है हमारी गुडिया का" रवि ने हँसते हुये पूछा।

"नही कुछ नही बस यूही" कह कर वह स्वेटर की सिलाई पूरी करने लगी। कुछ तो है-ऐसा कभी नही हो सकता कि कोई बात ही न हो और तुम्हारा मुँह फूल जायें ऐसा हो ही नही सकता बता भी दो मैं सच कह रही हूँ कि कोई बात नही है लो ये स्वेटर भी तैयार है। उसने स्वेटर देते हुये कहा - रवि ने स्वेटर पहना तो उसका चेहरा खिल उठा अचानक उसे याद आया, कि कहीं उसे जाना है, तो वह बोल ओह! मैं तो भूल ही गया था कि मुझे जल्दी जाना है अच्छा तो मै चलू फिर आयूंगा उसने मुहँ फेर लिया मगर उसके शब्दों में इतना दर्द था कि वह रूके बिना नही रह सका।

क्या बात है! कामिनी बोलो न तुम इतनी दुःखी क्यों हो?

कुछ नही भैया- भाभी से बस इतना कह देना कि उन्होने जो कुछ सोचा है वह सच नही है कहकर वह रो पड़ी।

लेकिन क्या सोचा है उन्होनें और तुम्हें कैसे पता चला?

बस ऐसे ही लेकिन भाभी से कह जरूर दीजियेगा।

हाँ हाँ जरूर कह दूगाँ-कहकर वह चला गया। इसके बाद दिन बीतते गये मगर रवि से भेंट न हो सकी रवि की शादी हो गयी मगर कामिनी को तो जैसे रवि भूल ही गया था कामिनी द्वारा लिखा गया बधाई-पत्र रखा रह गया था। रवि बदल चुका था मगर कामिनी को तो जैसे बदलना आता ही नही था।

एक बार गरीबी के कारण ही वह इंजीनियर राकेश के द्वारा ठकुरा दी गयी थी। तब उसने पहली बार शादी न करने का फैसला किया, और अब तक वह एक सफल लेखिका बन चुकी थी उसकी कहानी कवितायें पत्रिकाओं में प्रकाशित होने लगी थी।

जब उसे एक सफल लेखिका के रूप में सम्मानित किया जाता तो उसे देखने वाले सभी को अपनी भूल का अहसास हुआ और राकेश ने तो मिलकर उससे कहा-

कामिनी तुमने वह कर दिखाया है जो एक साधारण लड़की नही कर सकती तुम जिस घर में जाओगी। वह घर महक उठेगा तुमने दुःख झेले है तुम दुःखों की कीमत जानती हो इन बातों को सुनकर उसे जैसे

प्रोत्साहन मिला था उसने धन्यवाद कहकर हाथ जोड़ दिये।

एक दिन वह रवि से मिली तो रवि भी पहले की तरह प्रेम से मिला। सभी के द्वारा दिये गये प्रेम से वह बहुत खुश थीं क्योंकि वह खुशियों में जी रही थी काँटे उसके जीवन से निकल चुके थे। उसका जीवन फूलों की भाँति था काँटों की तरह नहीं काँटों की चुभन सहने के बाद ही उसे रेशमी फूलों का अहसास हुआ था अब सिर्फ फूल ही फूल थें चारों ओर उसके वह एक सम्मानित इंसान थी.....उसकी बुआ भी उसे अपने घर बुलाने का प्रयास कर चुकी थी। मगर कामिनी अब किसी पर बोझ नहीं बनना चाहती थी।

4

रेगिस्तान

रमा निकली थी खुशियाँ ढ़ढने। मगर चारों ओर की बहारे भी उसके जीवन में बहार नही ला पा रही थी क्या उसके जीवन में बहार आयी इसी के लिये पढ़िये कहानी "रेगिस्तान"

राजस्थान के मैदानी भाग में बने मकान की खिड़की में बैठी रमा बाहर के रेगिस्तान को देख रही थी, कितनी समानता है इसमें और उसके जीवन में न तो इस मैदान में दूर तक कोई वृक्ष कोई फूल है और न उसके जीवन में कही भी ठहराव है उसका जीवन भी तो एक रेगिस्तान है, न कोई उमंग है, न जीने की तमन्ना उसे आज कोई भी नहीं चाहता था। हर किसी की नजरों में वह बदनाम रमा थी, मगर क्या कारण थे। जो रमा बदनाम थी, एक ही व्यक्ति तो था, जिसने उसे बदनाम किया था। मगर उसे कोई असर नहीं हुआ था वह तो आज भी खुश था उसका अपना घर संसार था जीवन बदला था तो सिर्फ रमा का रमा के जीवन की उमंगे मर चुकी थी, उसका जीवन वीरान था, जिसमें बहार नही आ सकती थी।

आज तीन साल बाद उसे अपनी सहेली साधना की एक-एक बात याद आ रही थी आज ही का तो दिन था वह जुलाई जब साधना ने उसे बुरा भला कहा था, जो उसे सबसे ज्यादा चाहती थी उसके मुह से ऐसी बाते सुनकर वह स्तब्ध रह गयी थी।

आज सोच रही थी, कैसे कह गयी थी वह यह सब क्योंकि जो कुछ उसने कहा था वह सच भी था और नहीं भी मगर आज उसे न जाने क्यों

पिछली बातें रह रह कर याद आ रही थी जैसे साधना आज ही कह रही हो ___" इतना होने पर तो सभी यह सोंचगें कि लड़की में ही कमी है अब भी, तुम्हारे पापा की आँखें न खुले तो चूल्हे में जायें, अगर तुम्हें शादी करनी है तो मम्मी पापा से क्यों नहीं कह देती, तुम्हारी हर बात शायद माँ पापा के कानों तक भी पहुँचती होगी इसीलिये वह तुम पर इतनी पाबन्दी लगाते है। रमा लड़की के पास इज्जत ही तो एक गहना है, उसे मत खोओ अब भी समय है संभल जाओ कुछ नही बिगड़ा है, सच को न जानते हुये, वह सब कुछ कह गयी थी।"उसने किया क्या था कुछ भी तो नहीं, उसके बारे में झूठी अफवाहें फैलाई गई थी। मगर पुरूष प्रधान समाज में एक बार फिर लड़की को ही हर दोष दिया गया। हर बार की ही तरह लड़की को ही फूल बनने से पहले कुचल दिया गया। वह सिर्फ इतना ही कह सकीं "नही सांधना यह सच नही है"___कहकर वह वापस आ गई थी। कितना रोना चाहती थी वह मगर ऑसू नहीं आए थे। आँखे सिर्फ खामोश हो गयी थी करती भी क्या उसके बाद उसने फैसला कर लिया वह वही करेगी जो उसके माता-पिता चाहेंगे।

उसके बाद जो कुछ हुआ वह कह नहीं सकी। वह पत्थर की सी जड़वत हो गयी थी। मगर आज तो उसे पहले की ही बातों ने जैसें घेर ही लिया था बहुत होशियार है "इसका सलैक्शन" निश्चित है।

उस स्कूल के प्रबन्धक ने इन्टरव्यू में कहा तो वह बहुत खुश हुई थी पर शायद यहीं से उसके जीवन में दुःख आना शुरू हुए थे। कुछ दिनो बाद पन्द्रह अगस्त पर कराए गए कार्यक्रमों ने उसे अचानक ऊँचा उठा दिया था। इसी समय वह अपने स्कूल के प्रधानाचार्य के इतने करीब आ गयी कि उसे पता ही नही चला मगर वह प्रधानाचार्य थे। अतः अपने प्रेम का इजहार नही कर पाई और एक दिन तो जब उनके जाने की खबर ने उसे तोड़ ही दिया। मगर उसे इसी समय हकीकत का अहसास हो गया, कि वह उसे नही बल्कि किसी और को प्रेम करते है, मगर वह अपने आकर्षण को कम न कर सकी।

उनके जाने के बाद एक साथ के (टीचर) की हालत खराब होने पर वह अपने इन्सानियत के जज्बे को रोक न पाई और उनकी खिदमत करने पर उनकी हालत तो ठीक हो गयी मगर उसके जीवन की खुशियां मिट

गयी। वह उसे बदनाम करने लगा था।

यही तो था उसकी इन्सानियत का फल "सोच रही थी कि कितनी अच्छी मिली है उसे सेवा की मेवा" मगर वह हँसते रहने वाली रमा वैसे ही रही। कहीं भी नहीं बदली थी वह पर इतना जान गयी कि जिसे चाहती है वह नही पा सकेगी।

रमा को नौकरी से निकाल दिया गया। उसे ही सजा दी गयी, राजू को कुछ नही कहा गया था। नौकरी से निकलने के बाद वह तो मर ही चुकी थी कहीं और कोशिश ही नहीं की उसने। वह घर में कैद हो चुकी थी किसी से मिलने की इच्छा नही होती थी। बस घर ही उसका सब कुछ था। जब भी कहीं जाना चाहती तो घर से निकलते ही लोगों की शक से भरी नजरे उसे खाने को दौड़ती थी।

फिर एक दिन वह भी आया जब वह बिल्कुल अकेली हो गई एक-एक करके परिवार के सभी भाई बहनों की शादियॉ हो चुकी, सबका अपना-अपना घर संसार था सब बदल चुके थें मगर रमा वही की वहीं थी। उसी रेगिस्तान की तरह जिसमें ने कभी बहार आती है, न कोई पौधा उगता है, न ही कोई फूल खिलता है।

अतीत के झरोखे में वह इतना खो गयी थी कि समय का पताही नहीं चला तभी बूढी काकी जो उसकी सब कुछ थी उन्हें उसने कभी नौकरानी नहीं समझा था।

"आज शाम खाने में क्या बनाऊ बेटी?"____काकी ने पूछा।

"कुछ नही काकी मुझे भूख नही है" इतना कहकर फिर वह उसी रेगिस्तान को देखने लगी।

"क्या बात है बेटी तुम इस तरह उदास क्यों रहती हो?ऐसा कैसे चलेगा सब अभी सारी उम्र है कैसे बिताओगी अकेले, इस तरह क्या देख रही हो?-- बेटी बूढ़ी काकी ने पूछा।

कुछ नही काकी जीवन तो ऐसे ही बीत जायेगा। काकी इस रेगिस्तान में कभी फूल खिलते देखा है क्या तुमने?

नही बेटी यह रेगिस्तान है यहाँ की मिट्टी बेकार है, यहाँ जब कोई पौधा ही नही होगा तो फूल किस पर खिलेगा।

"ठीक कहा तुमने काकी तुमने मेरे सवाल का जबाव दे दिया।

"कैसे सवाल कैसा जवाब मैं समझी नही बेटी" वह धीरे से बोली।

"कुछ नही काकी मैं सोच रही थी, कि क्या मेरे जीवन में बहार आ सकती है,"--- नही काकी नही मेरा जीवन भी तो इस रेगिस्तान की तरह है। इसकी मिट्टी भी बेकार है, इसमें भी कोई पौधा या फूल नहीं खिल सकता कितनी समानता है इसमें और मेरे जीवन में मेरा जीवन भी रेगिस्तान है। काकी सिर्फ रेगिस्तान।

5

और दीप जल उठे

चॉदनी दीपक से प्रेम करने लगी थी मगर वह चाहते हुए भी उससे नहीं मिल सकती थी क्योंकि दोनो के बीच अमीरी गरीबी की दीवार थी कितनी ही दिवाली की रातें चॉदनी के लिये अमावस की रातें हो गई थी। मगर इस बार जब दिवाली के दिन ही दीपक ने उसे अपनाने का फैसला कर लिया तब तो चॉदनी के घर भी दिवाली के दीप जल उठे थें।

चॉदनी-चॉदनी अचानक दो साल बाद मिलने पर दीपक ने आवाज दी, मगर कोई उत्तर न मिला तो परेशान होकर उसे पकड़ ही लिया। क्या बात है चॉदनी क्या आज तक नाराज हो? मैनें उससे पूछा-

"माफ कीजिये जनाब मेरा नाम चॉदनी नही निशा है,"-- कहते हुए वह आगे बढ़ गयी मगर दीपक का कही न लगा। वापस घर आकर बैठा ही था कि दो साल पहले की घटना सामने एक चित्र की भॉति चलने लगी उसका एक-एक शब्द उसे याद आने लगा। सर अमीरी गरीबी के बीच जो खाई होती है, वह कभी समाप्त नहीं होती, यहाँ रास्ते भी अलग होते है और अलग ही रहते है उसने मेरे चलते वक्त कहा था.... आगे के शब्द याद न कर सका, बस ऑसू बह चले थे।

बात उन दिनों की है। जब मैं एम.ए. करने के बाद नौकरी के लिए दर-दर की ठोकरें खा रहा था, कितने ही टेस्ट दिए, मगर सब व्यर्थ होते जा रहे थे। तब मैंनें एक प्राइवेट स्कूल में प्रधानाचार्य की नौकरी को अपनी पहली सीढ़ी माना और ऊपर चढ़ने लगा।

नौकरी ज्वाइन तो कर ली थी मगर मुझे कुछ अच्छा नही लगता था.....एक ऊब सी होती थी वहाँ पर, मजबूरी के कारण मैं अपनी हँसी बिखेरता हुआ आगे बढ़ता रहा। हर दिन यही सोचता शायद ईश्वर की यही मर्जी। वक्त अपनी रफ्तार से चल रहा था.....मैं भी सब कुछ सभॉल ही रहा था कि एक-दिन एक दिन की घटना ने मेरी जिन्दगी में हजारों खुशियाँ भर दी और मैं अपने आपको सबसे खुशनसीब इंसान समझने लगा।

हुआ यूँ कि-एक दिन मैं अपने ऑफिस में बैठा काम कर रहा थाकि अचानक "क्या मैं अन्दर आ सकती हूँ, "___आवाज कान में पड़ी कि आदतानुसार मैं"आइये "__नजरें झुकाये हुए ही कहा।

बहुत देर तक खड़े रहने के बाद फिर उसने कहा" मेरा नाम चाँदनी है सर और मेरी यहाँ "____उसकी बात अधूरी रह गई और मैनें अपनी नजरें उठाई तो शायद पलकें झपकना ही भूल गया था ।

"मेरा नाम चॉदनी है और मेरी यहाँ नई नियुक्ति हुई है"___ उसने वाक्य पूरा करते हुए मेरी तन्द्रा भंग कर दी।

ओह! हाँ मैं तो भूल ही गया था, खैर अच्छा हुआ, आपने याद दिला दिया। पहले आप यहाँ दस्तखत कर दीजिए, फिर मैं आपको आपकी क्लास दिखाता हूँ।

“जी अच्छा लेकिन आप तकलीफ क्यों करते हैं, मैं नौकर के साथ चली जाऊँगी”-- उसने सहजता से कह दिया।

तकलीफ कैसी आप चलिए तो सही मैनें उत्तर दिया और साथ चल दिया।

जब उसे क्लास दिखाकर दीपक चला गया तो चॉदनी सोचने पर मजबूर थी, कि क्या वह हर किसी से ऐसा व्यवहार करते है या फिर सिर्फ उसी के साथ इस तरह पेश आए थे। साचते-सोचते वह अपना कर्तव्य भी भूल गई और ख्यालों में ही खोई रही।

“मैडम आपको सर बुला रहे है” --- कहते हुए नौकर ने चॉदनी की तन्द्रा भंग की।

"तुम चलो मैं आती हूँ"__कह कर चॉदनी क्लास से चलने को हुई कि मन में इतना डर लगने लगा--कि न जाने क्या हो गया पहला दिन उस

पर अभी कुछ घण्टों बाद ही बुलाया जाना। क्या गलती हो गई सोचते-सोचते कब ऑफिस आ गया वह जान भी नही पाई थी।

"आपने मुझे बुलाया सर" कहते हुये उसकी आवाज गहरा गई थी।

घबराने की कोई बात नहीं चॉदनी जी दरअसल मैंने आपको यहाँ के कायदे कानून बताने के लिये बुलाया था---मैंनें उसे धीरज बाँधते हुए कहा।

वह सामने वाली कुर्सी पर बैठी ही थी, कि मेरी नजरें उसके चेहरे पर जा टिकी।

कुछ देर बाते करने के बाद वह चली गई , मगर मेरा मन शायद उसी के साथ चला था।

अब वक्त मिलते ही मै उसकी कक्षा में होता था उसी के आस-पास ही चक्कर लगाता था, धीरे-धीरे चॉदनी व दीपक हर काम एक दूसरे से पूछकर ही करते थे, चॉदनी तो यदि मुझे किसी से बातें भी करते देखती तो भौहें तान लेती मैं समझने लगा था। इसीलिये मैंने उसके साथ रहना कम किया। मगर मन था, कि मानता ही नही न चाहते हुए भी कदम उसी ओर उठ जाते जहाँ वह होती।

एक बार लंच टाइम में सभी लोग ऑफिस में थे कि एक बच्चे ने आकर मुझसे शिकायत की कि आचार्य जी देखिए न इसने मुझे मारा है।

“अच्छा चलों देखते है”-- कहते हुए मैं उठ खड़ा हुआ।

यें लोग बस ठीक से सर नही कह सकते न जाने किसका अचार समझते है यह मुझे कहकर बाहर चला गया था।

अन्दर लौटा ही था कि सहयोगी अध्यापिका ने कहा –“सर यह चॉदनी कह रही है कि और किसका अचार समझगें नीबू का समझते है।“

‘‘अच्छा तो अब पता चला तुम्हें नीबू का अचार पसन्द है”---कहते हुए मेरे साथ अन्य सभी हॅस पड़े थे। मगर उसका वह शरमाना मुझे आज याद आ रहा है।

एक और घटना मुझे आज रह-रह कर याद आ रही है। महीने की पहली तारीख थी, मैं वेतन बॉट रहा था सभी को देने के बाद मेरी और चॉदनी का ही वेतन बचा था मैंने अपने और उसके दस्तखत करा कर पैसे गिन कर दे दिए और अपने गिन रहा था।

सर मुझे ये खुले रूपये हमें दे दीजिए यह कहते हुये चॉदनी ने मुझे टोकते हुए कहा।

अरे ये तो मेरी महीने भर की कमाई है इसे पाने के लिये तो तुम्हारे सारे शरीर को पसीना निकल जायेगा। मैंने तो बड़ी सहजता से कह दिया था, मगर चॉदनी का चेहरा कितना गम्भीर हो गया था, कि मुझे अपनी भूल का एहसास होने लगा, वह दो दिन तक स्कूल भी नही आई और वह दो दिन मानो मेरे दो बरस के समान बीते।

"गुड मार्निग सर" चॉदनी ने अन्दर आते हुए कहा।

"मार्निग यह कोई आने का वक्त है, एक तो दो दिन स्कूल से गायब रहना फिर लेट आना यह क्या तरीका है।"-- मैनें एक सॉस में कह दिया।

"सॉरी सर पानी लीजिए और गुस्सा ठण्डा कीजिए। वरना ब्लडप्रेशर बढ़ जायेगा"--चॉदनी ने हॅसते हुए कहा तो मेरा गुस्सा ही काफुर हो गया।

"धीरे-धीरे मेरे जाने का समय आ गया मेरी आफिसर पद पर नियुक्ति हो गई थी।" यह खबर जैसे ही मैनें सबको सुनाई, तो न जाने क्यों चॉदनी के हँसने के बावजूद आँखों में झलकने वाले ऑसू कह रहे थे, कि वह दुःखी है।

मेरे जाते वक्त हर काम का निरीक्षण कही कोई कमी तो नही हैं स्वंय सँभाल रही थी। आते वक्त सिर्फ इतना ही तो कहा था। सर अमीरी-गरीबी के बीच जो खाई होती है। वह कभी समाप्त नहीं होती उनके रास्ते अलग होते हैं और हमेशा ही अलग रहते है यदि फिर भी याद करने योग्य होऊ तो परिवारी जनों के बीच कभी-कभी याद अवश्य कर लीजिएगा।

मेरे आने के बाद भी उसने कितनी बार मिलने की कोशिश की थी मगर मैं उसके बारे फैली हुई बातों को सच मानकर उससे नफरत करता रहा।

आज तो जैसे मेरी हर सोच उसी पर समाप्त होती है। आखिर क्यों कोई तो कारण होना चाहिए, याद करने का मगर कारण तो ने तब समझ में आया था, न अब आ रहा है।

"बेटे चाय"-कहते हुए माँ ने चाय का प्याला थमा दिया और वही बैठ गई मै उदास होकर चाय पीता रहा और सामने रखी चॉदनी की तस्वीर को निहारता रहा।

"आखिर कब तक इसी तरह तस्वीर निहारते रहोगे बेटे"__माँ ने पूछा। जब तक जिन्दगी है, कहते हुए मैने चाय खत्म कर दी।

"आखिर क्यों" माँ ने दीपक के सर पर हाथ फेरते हुये पूछा।

क्योकिं चॉदनी अब निशा बन चुकी है उसकी निश्छल हँसी मासूमियत कठोरता में बदल चुकी है। मेरी चॉदनी मर चुकी है, माँ मर चुकी है। कहते हुए दीपक रो पड़ा।

और उसे मारने का दोष भी तुम्ही को है, क्योंकि वह तुम्हें प्रेम करती थी करती है मगर तुम्ही उससे औरों के कहने पर नफरत करते रहे। उससे आखिर ऐसा क्यों किया तुमने माँ ने कठोरता से पूछा।

तो माँ अब आप भी मुझे ही दोष देने लगी दीपक ने माँ की ऑखों में ऑखें डालकर पूछा नहीं मैं दोष नहीं दे रही बस पूछ रही हूँ।

"तो मैं क्या करूँ?"-- दीपक ने मासूमियत से पूछा तो माँ ने उत्तर दिया। जब नफरत और कठोरता का व्यवहार तुमने किया, उसे चॉदनी से निशा तुमने बनाया। तो निशा से चॉदनी भी तुम्हें ही बनाना होगा। वह कैसे-कैसे मेरी जिंदगी निशा से फिर चॉदनी बन सकती है। जल्दी बताओं माँ दीपक ने पूछा। तुम्हें याद है, न कि दस दिन बाद दिवाली है, हॉ तो क्या हुआ दीपक ने पूछा?

हुआ क्या बस बाजार से उसके लिए एक सुन्दर सा तोहफा खरीदें और प्रकाश के हाथों भेज दों।

तुम्हारी चॉदनी तुम्हें मिल जाएगी माँ ने उपाय सुझाते हुए कहा सच माँ मेरी चॉदनी फिर से मुझे मिल जाएगी। दीपक के चेहरे पर एक क्रान्ति युक्त आभा थी।

हाँ बेटे मगर तुम्हें कहलवाना होगा कि तुम्हारी तबीयत बहुत खराब है।

"ठीक है मैं ऐसा ही करूँगा"___दीपक न खुश होते हुए कहा।

चलो अब उठो और काम करो माँ ने समझाते हुए कहा। ठीक है माँ दीपक उठा और नहा कर जल्दी से तैयार होकर बह बाजार गया और लाल रंग की साड़ी लाकर उसका सुन्दर सा पैक बनाकर रख दी।

आज दिवाली थी सुबह से ही दीपक खुश था उसे विश्वास नही मगर उम्मीद थी, कि चॉदनी जरूर आएगी क्योकि उसे याद था, कि जब वह

पहले भी गुस्से में होती तब भी थोड़ी देर बाद ही हँस देती थी।

"क्या चाँदनी जरूर आएगी?" दीपक ने परेशान होते हुए पूछा।

"हाँ वह अवश्य आएगी"--- माँ ने उत्तर दिया, शाम छः बजे चाँदनी अकेली अंधेरे कमरे में बैठी थी। वह हमेशा बाहर की दुनिया से दूर इसी तरह रहती थी कि वह दरवाजे पर दस्तक सुनकर वह चौक पड़ी।

"कौन है"---चाँदनी ने पूछा।

"मैं प्रकाश"___दरवाजे पर पहचानी आवाज सुनकर उसने तुरन्त ही दरवाजा खोल दिया।

"यह भैया नें भेजा है"___प्रकाश ने धीरे से कहा क्यों गरीबों पर दया की है। "प्रकाश बाबू आपके भाई ने मुझे गरीब व बदनाम लड़की की हँसी उड़ाने के लिये शायद भेजा है।"--- चाँदनी ने मजाक भरे स्वर में कहा।

ऐसा मत कहिए भईया की हालत तो बहुत नाजुक है। प्रकाश ने गम्भीर होते हुए कहा।

"क्या हुआ सर को बोलो प्रकाश भईया अभी दस दिन पहले तो ठीक थे चाँदनी ने पूछा हालत का क्या पता चलता है"--- प्रकाश ने गम्भीरता से उत्तर दिया कि चाँदनी छिपे भेद को शब्दों में समझ न सकी।

"नहीं प्रकाश नहीं सर को कुछ नहीं हो सकता"-- घबड़ाते हुए पैकिट वही फैंक कर चाँदनी दीपक के घर की ओर दौड़ पड़ी।

उसे यह भी ख्याल नही रहा, कि घर खुला है, उसने घर आकर दीपक को बिस्तर पर पड़े देखा, तो वह सन्न रह गयी।

नही सर नहीं यह क्या हालत बना रखी है, आपने मेरे होते आपको कुछ नही हो सकता कुछ नहीं कहते उसने अपना हाथ मेरे सिर पर रख दिया।

"हाँ चाँदनी हाँ मुझे तुम्हारे होते हुये कुछ नही हो सकता"-- कहते हुए दीपक ने चाँदनी को अपने पास इतने जोर से खींचा कि उसका सिर दीपक के सीने से जा लगी।

"चाँदनी मुझे छोड़कर मत जाना मैं तुमसे शादी करना चाहता हूँ हाँ कह दो चाँदनी हाँ कह दों"__ कहते हुए दीपक की आवाज रूध गई और उसने कातर नेत्रों से चाँदनी की ओर देखा और वो बीमारी चाँदनी ने दीपक से पूछा।

"वो तो तुम्हारा विरह था"----दीपक ने कहा अच्छा तो अब पता चला कि आप झूठ भी बोलते है। चॉदनी ने शरारत भरी निगाहों से उसे देखते हुए कहा।

प्यार और जंग में सब कुछ जायज है कहते हुए दीपक ने चॉदनी को और समी खींच लिया।

"फिर हाँ समझू न"-- दीपक ने पूछा पहले मम्मी पापा की आज्ञा तो ले लीजिए क्योंकि न मेरे पास आपको खरीदने के लिए दो लाख रूपये है, न खूबसूरती चॉदनी ने अलग होते हुए कहा। चॉ

हमें सब मालूम है और सब मंजूर है बेटी। दीपक के माता-पिता ने अन्दर आते हुए कहा। भईया अब जरा इन्हें दिखा दो कि आप नाराज होना भी नहीं भूले है, क्योकि इनकी गलती यह है, कि इन्होने दिवाली के दिन अपने घर पर दीपक नही जलाए थें प्रकाश ने अन्दर आते हुए कहा।

और पापा आप इन्हें डाटिए क्योंकि इन्होने दिवाली के दिन झूठ बोला था चॉदनी ने पिता की ओर देखकर कह तो दिया मगर साथ ही शरमा गई।

"अरे प्रकाश चलो अपने यहाँ तो दीपक जला दो और हाँ बेटी यह झूठ तो तुम्हारी मम्मी ने बुलवाया था, कहो इन्हे डॉटू यह कहकर पिता व मम्मी और प्रकाश तीनो ही कमरे से निकल गये।

'तो अब बताओ कि क्यों नही जलाए थे दीपक,"--- थोड़ा गुस्से भरे स्वर में मैंने चॉदनी से कहा।

"क्योकि मेरा दीपक तो यहाँ था"-- कहकर चॉदनी ने अपनी बाहें मेरे गले मे डाल दी। आज मेरी बाहो में चॉदनी का खूबसूरत शरीर था और उसकी सांसों की गरमी से मेरा मन बदन खिल उठा था मैंने तो इस सौभागय की कभी कल्पना भी नहीं की थी।

"मैं न जाने कब तक इसी तरह खड़ा रहा कि पता ही नही चला।"

अब रात हो चुकी है, जनाब तैयार हो जाइए वरना मम्मी की डॉट खानी पड़ेगी कहते हुए चॉदनी बाहर आ गई ।

बाहर मैं प्रकाश के साथ सभी लोग उसी का इन्तजार कर रहे थे।

"भाभी यह साड़ी पहन लीजिए फिर लक्ष्मी पूजन भी करना है"--- कहते हुए प्रकाश ने चॉदनी की चुटकी ली।

वह साड़ी लेकर स्नानघर की ओर चल दी तैयार होकर आई और वह सारे दीपकों को फिर से तेल भरकर रोशन करने लगी।

" अरे यह फिर से तेल क्यों भर रही हों "___मैंने चॉदनी से पूछा।

"रोशनी करने के लिए"--- उसने उत्तर दिया।

"लेकिन यह तो बुझ चुके थे"--- मैने कहा।

"मेरे जीवन का दीपक भी तो बुझ चुका था। जैसे वह फिर से जगमगाया है, वैसे ही यह भी जगमगाने ही चाहिए" -कहते हुए चॉदनी कमरे में आ गयी।

"अब मुझे आज्ञा दीजिये मम्मी जी क्यों कि, मुझे अपने घर भी दीपक जलाने है चॉदनी ने चलते हुए कहा।

"अच्छा बेटी मगर इतनी रात में अकेली कहाँ जाओगी"___ माँ ने कहा।

"मैं अकेली कहाँ जा रही हूँ "____कहते हुए चॉदनी शरमा गई ।

आज दीपक व चॉदनी दोनों ही बहुत खुश थे और चॉदनी तो बहुत ज्यादा ही खुश थी, उसका सारा घर रोशनी से वर्षो बाद जो जगमगा रहा था। उसके मन के दीप भी जल उठे थे और घर के दीपक भी जलने लगें थे और अब वह हमेशा के लिए जले थे.....मन भी कलुषिता को दूर करके हमेशा-हमेशा के लिए।

6

बेबस

आज रीना को गए हुए पाँच साल हो गए थे I दिनेश सामने फूल माला से सजी हुई तस्वीर को बेबसी से देख रहा था I उसके जेहन में एक ही शब्द आज भी गूँज रहा था I दिनेश मैं क्या करूँ – कि क्या करूँ कि तुम कविता को भूल जाओ I आज हमारे दस साल के रिश्ते के बाद भी तुम कविता को नही भूल पाये हो क्यों ? जब भी हम अपनी बात करते है ,आप बीच में कविता को ले आते हो क्यो आखिर क्यों ?

नहीं ऐसा नही है ,मैने तो उसे पिछले तीन महीने से देखा भी नहीं है मुझे नही पता,कि वह कहाँ है ?------- दिनेश ने मायूस होते हए कहा I

नहीं दिनेश देखो हो या न हो पर यह सत्य है ,कि आप उसे नहीं भूल पाये हो अभी तक ,एक बात सत्य बताना अगरकविता आपसे माफी माँगे ले ,और आपके पास आना चाहे तो आप उसे आज भी माफ कर देगे---- रीना ने पूछा I

वह नहीं आएगी और आएगी भी किस मुँह से ,कितना तो लूट ले गयी है ,पता है,एक बात बताऊँ कि वह बहुत सीधी थी ,सच मै बहुत अच्छी थी, अब तो पता नहीं क्या हो गयी है ?

“मतलब”---- रीना ने बीच मै बात काटते हुए कहा I

कुछ नहीं तुम अपना काम करो ,न वह आएगी और न ही मै उसे बुला सकता हु इसलिए अपना ज्यादा दिमाग मत चलाओ --- दिनेश ने बात खत्म करते हुए कहा I

"और आ जाए तो "----रीना ने फिर पूछा I

दिनेश कोई उत्तर न दे सका , उसका मन आज भी कविता के लिए आज भी पागल था, यूँ तो उसे पत्नी कि मृत्यु के बाद रीना ने ही संभाला था,लेकिन वह उसे आज भी प्यार नही कर सका था, उसे बहुत अच्छी तरह याद है, जब कविता उसके जीवन मै आई तो कितना अपमान किया था रीना का ,बात-बात पर कितना सुनाता थाI लेकिन रीना थी, उसने कभी उसका साथ नहीं छोड़ा था Iऐसा नही था, कि रीना को किसी ने अपनाना नही चाहा, पर रीना थी ,कि उसके दिल मे दिनेश की जगह कोई और नहीं ले सका I रीना हर हाल मै उसकी ढाल बनकर खड़ी रही उसके साथ ,और फिर एक दिन जब कविता उससे चेक पर धोखे से साइन कराकर ले गई, तो फिर एक बार दिनेश रीना के पास लौट आया, तो रीनाने खुले दिल से न केवल उसे स्वीकार किया बल्कि उसके साथ पूरे प्यार से एक बार फिर रहने लगी I उसने एक बार भी शिकायत नहीं की,और हर हाल में उसे सहारा देने का प्रयास किया ,बस वही था, जो उसे उसे आज भी मन से प्यार न कर सका था I वह उसके साथ तो था ,पर उसका मन आज भी कविता के लिए ही धड़कता था I

एक दिन वही हुआ जिसका डर था, कविता एक बार फिर उसके पास वापस आ गई I दिनेश के मन में छिपे उद्‌गार सामने आ गए,एक बार फिर उसके प्यार में पागल हो गया और फिर रीना का दिल टूट गया, वह समझ ही नहीं पाई, कि वह क्या करें, क्या न करे पर वह आज भी दिनेश के साथ थी I पर वह बस चुप , शांत हो गई थी I अब न उसके चेहरे पर खुशी आती थीI न वह कुछ कहती थी, वस जब भी दिनेश उसके पासआता, तो वह पूरे प्यार से मिलती लेकिन उसके चेहरे की हंसी कहीं खो गई Iफिर भी उसने कभी कविता को लेकर कोई बात नहीं की I बस एक ही प्रश्न पूछती ----"खुश तो हो न दिनेश "

" हाँ बहुत "------- दिनेश उत्तर देता तो , वह आह भरकर रह जाती I जहाँ दिनेश पहले प्रतिदिन रीना से मिलने आता था, उसकी बहुतपरवाह करता था I वहीं अब वह कई- कई दिन तक नहीं आता था I आज वह कविता के प्यार में इतना पागल हो गया था, कि वह यह भी भूल गया, कि यह वही कविता है ,जो एक बार उसे लूटकर जा चुकी थी I

"दिनेश देखना एक दिन मै चली जाऊँगीं और शायद हो सकता है,कविता एक बार फिर-----------I"

"नहीं ऐसा नहीं होगा। रीना तुम्हें मै बहुत इज्जत देता हूँ ,और मुझे पता है, कि पिछले दस सालों में तुमने मेरे अलावा किसी को नहीं माना , किसी को अपना नहीं समझा और मुझे भी तुम्हारे पास आकर सुकून मिलता है , तुम मेरी दोस्त हो ,साथी हो तुम्हें छोडकर जीने की कल्पना भी नहीं कर सकता परन्तु ----------I"

परन्तु प्यार तो मै कविता से ही करता हूँ I "---_ रीना ने कहा

वो बात नहीं है ,पर ----"दिनेश ने उत्तर दिया 1

"कुछ नहीं दिनेश तुम परेशान मत हो ,मुझे कोई शिकायत नहीं है ,में जानती हूँ ,कि एक दिन तुम ---"रीना ने बात बीच में ही छोड़ दी |

"क्या"-----दिनेश ने उसकी ओर देखते हुए पूछा |

"कुछ नहीं तुम नहीं समझोगे "----कहते हुए रीना दिनेश पर न्योछावर हो गई , और कुछ इस तरह प्रेम में लींन हो गई ,मानों आज ही पूरा प्यार पा लेगी | करीब दो घंटे उसके साथ रहकर जब दिनेश जाने लगा तो उसे लगा, कि मानों कुछ गलत हो रहा है.....आज न जानें क्यों उसका मन वहाँ से जाने को नहीं हो रहा था, वह रुकना चाहता था ,वह रकने का मन बना ही रहा था, कि कविता का नम्बर स्क्रीन पर चमक उठा और उसके कदम एक बार फिर आगे बढ़ गए |उसने एक मासूम नजर रीना पर डाली और बाहर निकल गया | लेकिन आज पहली बार उसके मन में कुछ टूटता सा महसूस हो रहा था |

आज वह कविता के साथ था ,लेकिन दिल रीना के पास था ,उसे पहली बार रीना के प्रति प्यार महसूस हो रहा था,दिल के किसी कोनें में रीना कि याद उमंग बनकर बार –बार उठ रही थी | आज उसे रीना के फ़ोन का बेसब्री से इन्तजार था | उसने खुद भी कई बार फ़ोन किया पर कभी फ़ोन बंद था ,कभी उठा नहीं और जब सामने कविता जैसी सुन्दरी का प्यार हो तो कहीं और ध्यान जाता ही कहाँ है ....वह और कविता आठ दिन से एक साथ थे 1 सुबह अपना – अपना काम करते और शाम होते ही शराब और शवाब में डूब जाते ,फिर दोनों को किसी और बात ,कि खबर नहीं रहती ,एक दिन अचानक सुबह – सुबह रीना का नम्बर फोन

की स्क्रीन पर चमकते देखा तो वह चौंक गया ,वह फोन उठाना ही चाहता था,कि कविता नें फ़ोन छीन लिया और अपनी बाहें दिनेश के गले में डाल दी ,दिनेश भी उसके प्यार में खो गया, लेकिन उसका मन किसी अनहोनी से डर रहा था |

"प्लीज एक कप चाय बना दो "दिनेश ने बात टालने के लिए कहा | वह कुछ देर कविता से अलग होना चाहता था ,जिससे वह रीना के बारे में जान सके |

"बिल्कुल"----कहते हुए कविता रसोई में चली गई ,उसके जाते ही दिनेश ने रीना को फोन लगाया, लेकिन फ़ोन सुनते ही उसके दिल कि धड़कन रुक सी गई, ऐसा लग रहा था ,मानों दिल की घंटी ने बजना बंद कर दिया है |

"क –क क्या---- ये सब कब हुआ?"— कहते हुए उसकी आँखों से आँसू बह चले थे , वह प्यार भले ही कविता से करता हो पर सच यह था, कि रीना उसकी जान थी, जितना भरोसा वह रीना पर करता था, उतना वह किसी और पर नहीं |

"मैं अभी आया"----- कहकर दिनेश बाहर निकल गया और वहां से सीधा हॉस्पीटल पहुँचा |

"रीना कहाँ है मैडम ?"रिशेप्सन पर पहुँचते ही दिनेश ने तेज आवाज में पूछा |

"आप"

"मै दिनेश रीना का पति "---दिनेश ने यह परिचय पहली बार दिया था |

"ओह,तो आप पति है"--- रिशेप्सन पर बैठीं महिला ने आश्चर्य से देखा |जिन्हें देखकर उसे खुद पर गुस्सा आ रहा था|

"मैने पूछा रीना किस रूम में है ?" दिनेश ने पूछा , आज उसकी आवाज में दर्द साफ़ नज़र आ रहा था | कौन रीना ?पूरा नाम बताए सर ,क्योकि यहाँ तो तीन रीना एडमिट हैं और एक रीना कि अभी कुछ देर पहले मृत्यु हुई है |

"र.....रीना.......|" आवाज उसके गले में अटक गई थी |

"सर आप दिनेश जी हैं, रीनाजी के पति आप तो लखनऊ में रहते हैं आप इतनी जल्दी आ गये,"------रीना के पडोसी विमल जी ने पूछा |

"ज .....जी ..आप जानते है,मेरी रीना कहाँ है?"--- उसने बीच में बात काटते हुए कहा ,वह नही बता सका, कि जब उसकी जान रीना को उसकी सबसे ज्यादा जरूरत थी, वह यहाँ होते हुए भी उसके साथ नहीं था, आज सब ठीक हो वह अब उसे छोड़कर कहीं नहीं जाएगा,उसका मन शंका से भरा था |

"आपकी रीना सर आपने आने में देर कर दी"---- विमलजी ने खोखली मुस्कराहट के साथ उत्तर दिया

"क ...क...क्या कब केसे हुआ सब वह तो बिल्कुल ठीक थी |"—दिनेश का मन एक अनजान डर से भर गया था |

"दो दिन पहले ------" कहते हुए विमलजी ने पूरी कहानी सुना दी | जिसे सुनकर दिनेश धक् रह गया ,वह सोच रहा था ,कि कहाँ गलती हुई ,पर उसे याद आया, कि पिछले कुछ दिनों से वह कह रही थी, कि उसकी तबियत ठीक नहीं है ,पर इतना सब सह रही थी इसकी कल्पना तो उसने की नहीं थी | पर अब क्या हो सकता है ,यहीं तो वह जगह है, जहाँ पर व्यक्ति हार जाता है | आनन – फानन में उसने रीना की अंतिम यात्रा कि तैयारी की और सब काम ख़त्म करके दोपहर के दो बजे घर की ओर चल दिया | वह आज सोच रहा था, कि आज कविता को खुशखबरी देगा ,कि जिससे वह डरती थी,वह सब ख़त्म हो गया, अब वह खुश रहे |

वह लड़खड़ाते क़दमों से ऊपर चढ़ रहा था ..... घर के सामने आकर उसने कॉलवेल बजाई,लेकिन यह यह क्या दरवाजा तो किसी और ने खोला

" आप कौन है?"---- दरवाजा खोलने वाली महिला ने पूछा |

"मैं दिनेश कविता कहाँ है? यह घर तो मेरा है ,आप कौन है?"--- दिनेश ने आश्चर्य से पूछा |

"जी नहीं, है नहीं ,था आज ही यह मकान कविता जी ने बेच दिया है |" कैसे–कैसे लोग होते हैं,कर्ज चुका नहीं सकते, तो लेते ही क्यों है ?और जब कोई अपना पैसा बसूल कर ले तो रोते क्यों है?--- नई मालकिन ने कहा |

ज ..जी वो बात नहीं है ,कि यह मकान मेरे नाम था,तो कविता कैसे बेच सकती है | "-----दिनेश ने बात को बीच में काटते हुए कहा |

"लेकिन आपने खुद ही तो "पॉवर आफ़ अटर्नी "कविता के नाम कर दी थी"

"पाँवर आफ़ अटर्नी "------कहते – कहते दिनेश कीआंखों के सामने अँधेरा छा गया , उसे पता ही नहीं चला ,कि कब कविता ने चेक साइन कराते –कराते इन पेपर पर साइन करा लिए उसे पता ही नहीं चला | वह लड़खड़ाते क़दमों से नीचे उतरा , कि आँखों के आगे अंधेरा आने के कारण गिर पड़ा और उसके कूल्हे की हड्डी टूट जाने से वह हिल-डुल नहीं पा रहा था | उसने तुरंत अपने बेटे को फ़ोन किया | कानपुर ज्यादा दूर न होने के कारण वह आया और पिता का इलाज कराया | बहुत कोशिशों के बाद भी दिनेश चलने में असमर्थ रहा | लेकिन जब बेटे ने इसका कारण जानना चाहा तो उसने सच बता दिया | उसे बुरा तो बहुत लगा पर क्या करता बेटा था, उसने दिनेश को माफ़ भी कर दिया, लेकिन बहू ने अभी तक माफ़ नहीं किया था ,वह आज भी उसे रीना का कातिल समझती थी | वह खुद भी कहाँ खुद को माफ़ कर पाया था ,आज वह खुद अपनी बेबसी पर आँसू बहता रहता था ,कि उस समय कितना मजबूर था अपने दिल के हाथो, कि खुद अपनी खुशियों को एक बार ख़त्म कर दिया ,काश कि उसने रीना को समझा होता, तो आज वह खुश होता ,उसने खुद ही अपने आँशिया में आग लगा दी थी और अब अपनी बेबसी पर आँसू बहता रहता था |

7

संघर्ष

पिछले तीन सालों में रिया के जीवन में सब कुछ बदल गया था I डॉक्टर बनने का सपना देखते – देखते वह कब दिल्ली के रेड लाइट इलाके की छोटी सी गली में संर्घष करते हुये अपना जीवन यापन कर रही थी......उसे आज भी याद है ,कितना प्यार करते थे, माता –पिता उसे इंटर करने के बाद वह डॉक्टरी की तैयारी की सोच रही थी I उसका सपना था कि वहडॉक्टर बनकर अपने गाँव और अपने परिवार का नाम रोशन करे Iआज वह रोज जीती और मरती है सोचते सोचते वह अतीत में खो गयी I उसका गाँव शहर से करीब पाँच किलोमीटर दूर था, साथ ही सड़क से एक किलोमीटर दूर का रास्ता उसे प्रतिदिन पैदल ही पार करना पडता था I आज उसकी अंतिम परीक्षा थी I रिया और तनु दोनों सहेलियाँ सड़क से गाँव तक पैदल जा रही थी I अपनी – अपनी धुन में मस्त ,पढ़ाई की समस्या से मुक्त ,क्योकि आज के पेपर के बाद छुट्टियाँ थी I

रिया खत्म हुई परीक्षा अब हम फ्री है बस देर से जागना पूरे दिन मस्ती अब पूरे दो महीने हम आजादी की सांस लेगे वेसे तुम क्या करोगी"--- तनु ने पूछा I

"नहीं तनु हमें डॉक्टर बनना है और उसके लिए बहुत मेहनत करनी है, अतः हम दो दिन बाद से ही कोचिंग शुरू कर देगें "-----रिया ने उत्तर दिया Iवे दोनों आपस में बातें करती हुई, आने वाले खतरे से अनजान चलती जा रही थीं,कि तभी एक काली स्कार्पिओ आकर रुकीं और उसमें

से दो हाथ कब निकले और रिया को खीचकर अंदर ले गए, तनु को पता भी नहीं चला .....वह बस बचाओ - बचाओ चीखती रह गई I दोपहर का सुनसान रास्ता कोई आस- पास भी नहीं था I जो उसकी आवाज़ को सुनता ,वह चीखती, दोड़ती, पड़ती वह घर पहुँची I उसने रिया के माता – पिता को सारी बात विस्तार से बताई I माता- पिता ने पुलिस की मदद ली, रिया को ढूढने की बहुत कोशिश की ,लेकिन सब व्यर्थ I थक हार कर वे इसे अपनी किस्मत समझकर शांत होकर बैठ गए, साथ ही उन्होने स्वयं को दूसरे बच्चों की परवरिश में व्यस्त कर लिया,लेकिन रिया का भोला चेहरा उनकी नजरों के सामने हमेशा घूमता रहता था I

रिया को गाड़ी में चलते हुये कितना समय हुआ, यह उसे नहीं पता चला था I उसे जब होशआया, वह एक कमरे मे थी I चारों और सजी – सवरी लड़कियों से घिरी हुई ,वह समझ ही नहीं पाई, कि वह कहाँ है ?

“देख, लड़की एक बात बताती हूँ, कि आज से न,जो ये लोग कहें, वही करना, वरना खाना- पानी नहीं मिलेगा , मार खानी पड़ेगी वो अलग ,वेसे नाम क्या है तेरा ?” बड़ी ही कड़क व मीठी आवाज़ ने उसका ध्यान भंग कर दिया I

“रिया“ --- उसने हल्की सी आवाज मे उत्तर दिया , भूख के कारण उसकी जान निकली जा रही थी ,गला सूख रहा था I उसे समझ ही नहीं आ रहा था ,कि वह क्या करे ?उसने पानी माँगा मगर किसी ने उसे पानी तक नहीं दिया I बल्कि पानी के बदले में एक और तेज आवाज़ सुनाई दी I

“न S S नहीं आज से तू रिया नहीं हिनाबाई है और हाँ जैसा कहती हूँ ,वैसा ही करना वरना तू अभी मौसी को जानती नहीं है “

वह कुछ कहना चाहती थी ,लेकिन माला ने उसका हाथ दबा दिया I

“और तू यहाँ क्या कर रही है?,यहाँ से चल, इसे तैयार कर धंधे का समय हो रहा है और ये ले ये कपड़े पहना इसे” --- वह कहकर चली गयी ,वह कडक आवाज सुनकर ऐसा लग रहा था, मानों किसी ने कानों मे काँच पीसकर डाल दिया हो – रिया उस मोटी औरत को जाते हुये देख रही थी ,परंतु उसकी आँखों में अनेक सवाल थे ,जिनके उत्तर उसके पास नहीं थे ,आखिरकार उसनेकिस्मत के आगे घुटने टेक दिए ,अब रोज रात

को उसकी सुहाग सेज सजती और सुबह वह विधवा हो जाती I रिया ने घुटने टेके थे ,मगर हार नहीं मानी थी...वह शांत रहती थी... लेकिन दिमाग और आँखों को खुला रखती थी,शायद इसीलिए किस्मत ने भी उसका साथ दिया ,एक रात कोई ग्राहक नशे में चूर अपना मोबाइल गिरा गया ,रिया ने मौके का फायदा उठाया और उस फोन को बंद करके छिपा लिया और मौका पाते ही उसने खिड़की से साड़ी को रस्सी की तरह लटका दिया और पुलिस को सूचना दी ----"हैलो साहब मै दिल्ली के रेड लाइट इलाके दूसरी गली से बोल रही हूँ I यहाँ बहुत सी लड़कियों को उठाकर लाया गया हैं , उनमे कई तो बड़े –बड़े नेताओं और अफसरों की बेटियाँ है.....उसने यह झूठ इसलिए बोला क्योंकि वह जानती थी, कि साधारण लोगों के लिए कोई नही सुनेगा क्योंकि यह सब काम पुलिस की शह पर ही चलते हैं I रात के बारह बजे जैसे ही पुलिस सायरन सुनाई दिया ,लड़कियों मे भगदड़ मची और इसी मौके का फायदा उठाकर वह खिड़की से नीचे उतरी और दौड़ती चली गई ,उसने पीछे मुड़कर भी नहीं देखा,वह सीधे स्टेशन पहुँची सामने खड़ी ट्रेन में बिना सोचे – समझे चढ गई I

जब ट्रेन रुकी तो वह बम्बई में थी ....उसके पास छिपाकर लाए हुए कुछ रुपयों और जेवरों के अलावा कुछ नहीं था I वहीं उसनें किसी तरह एक खोली किराए पर ली और वहीं के बच्चो को पढानें लगी, हालाकिं गरीव बस्ती होने के कारण रुपए बहुत कम मिलते थे .....रिया ने B. A. पूर्ण की और एक स्कूल में अध्यापिका बन गई I वह डॉक्टर तो नहीं बन पाई परंतु टीचर बन गई .....लेकिन उसके मन में कहीं न कहीं अपने माता – पिता, घर की याद हमेशा सताती रहती थी I

स्कूल में ठंड की दस दिन की छुट्टियाँ थी, उसने मन में ठान लिया कि , जो भी हो, वह एक बार अपने माता –पिता से जरूर मिलेगी और इसी दृढ विश्वास के साथ वह घर चलने को तैयार हुई I

"कहाँ जा रही हो बेटी "

"बस मौसी घर जा रही हूँ ,---उस पूरे मुहल्ले में कांता मौसी ही थी ,जिन्हे रिया की सच्चाई पता थी , जबकि बाकी सब तो उसे अनाथ ही समझते थे I

"लेकिन बिटिया कौन से घर ,तुम्हें पता है न ,एक बार उस दहलीज पर चढी लड़कियों को न तो समाज अपनाता है, न ही माता - पिता उन्हे माफ करते है , वो लोग तुम्हें नहीं अपनाएगे "----- मौसी ने समझाते हुए कहा I

पता है मौसी ,लेकिन एक बार जरूर जाऊगीं ,कम से कम माता-पिता को देख तो लूगीं और वापस आ जाऊगीं बस ---- रिया ने अपना हाथ मौसी के हाथ पर हाथ रख दिया I

"ठीक है ,जेसी तेरी मर्जी "---- कहते हुए मौसी ने उसे मूक इजाजत दे दी I

दो दिन के सफर के बाद आज रिया अपने घर में सबके सामने खड़ी थी, पूरे दस साल के बाद .... वह सबसे मिलकर अपना मन हल्का कर लेना चाहती थी I

"म...माँ ,अपनी माँ को सामने देख वह चीख पडी I

"कौन ?" चेहरे पर अविश्वास लिए माँ ने पूछा I

"माँ – माँ मै रिया कहते हुए वह माँ से लिपटकर रोने लगी..... माँ ने भी उसे कसकर पकड़ लिया और ज़ोर-ज़ोर से रोने लगी ... उनका रोना सुनकर भाई और घर के सभी लोग बाहर आ गए , जिस रिया को मरा समझ बैठे थे, उसे सामने देख सभी आश्चर्य के साथ प्रसन्न भी थे I

"पापा मै सिर्फ आप सबसे मिलने आई हूँ "---कहते हुए रिया ने अपनी पूरी कहानी सुना दी ,जिसे सुनकर सबकी आँखों से आँसू बह रहे थे I

बेटा तुम वहाँ तक पहुँची .... फिर वहाँ से निकलना और अपने लिए मुकाम हॉसिल करना यह काबिले तारीफ है ..... अब तुम कहीं नहीं जाओगी .... हमें समाज की परवाह नहीं, तुम यहीं रहोगी I

सच पापा कहते हुए वह पिता के गले लगकर फूट –फूट कर रोने लगी I आज उसे लगा, कि उसका संघर्ष पूर्ण हुआ ,अब वह शांत थी .... निश्छल ,निर्मल नदी कि तरह I

8

धीमी रोशनी

प्रत्येक बार जब भी हम घर उजड़ने की बात सुनते है, कि किसी जगह पर पहले प्रेम विवाह हुआ अब घर उजड़ रहा है तो हमेशा ही पुरूष को ही दोष देते है, परन्तु यह क्या यहाँ तो स्त्री बदल रही है इसी विषय पर पढ़िये।यह कहानी धीमी रोशनी।

रचना ने जब पहला गर्भ धारण किया ही था कि विपिन खुशी से फूला नहीं समा रहा था, जिस दिन उसे डॉक्टर ने बताया कि रचना कुछ ही दिन बाद माँ बनने वाली है तो उसके पैर खुशी के कारण से पृथ्वी पर नही पड़ रहे थे वह जल्दी से दफ्तर का काम संमाप्त करके घर वापस आ रहा था तो उसने सोचा कि यह खुश खबरी अपनी बहन शीला को भी देता आए कि अब वह बुआ बनने वाली है।

रचना उस समय यह भूल चुकी थी कि उस घर में उसकी ननंद भी रहती है। उसने किसी के घर में जब विपिन को जाते देखा तो उसका खून खोल गया जब विपिन घर आया तो उसने विपिन से यह भी कह दिया कि तुम दूसरी लड़की से प्यार करते हो और मुझे भी तुमने प्यार किया फिर शादी अब क्या मुझे धोखा देकर उससे शादी करना चाहते हो बोलो क्या चाहते हो? तुम यह उसने इतनी जोर से कहा कि इस पर विपिन को गुस्सा आने लगा फिर भी उसने धीरे से कहा--कि रचना याद करो कि तुम्हारा कोई तो रहता है, उस घर में था जी नही रचना ने कहा कि खून याद किया लेकिन मुझे याद है कि उस घर में मेरा कोई रिश्तेदार नही

बल्कि आपकी ही प्रेमिका रहती है।

विपिन ने रचना से प्यार भरे स्वर में कहा कि जिसे रचना जैसी पत्नी मिली हो वह किसी की तलाश क्यों करेगा फिर भी रचना गुस्सें से ही भरी रही। विपिन रचना से यह कहकर सो गया कि रात भर में याद कर लेना।

"कहते हुये कमरे से चला गया। रचना रात में जल्दी से सो गई उसके मन में गलत फहमी भर गई थी। सुबह भी वह विपिन के उठने के बाद उठी और विपिन के चले जाने पर यह कानपुर अपने मायके चली गयी शाम को जब वह घर आया तो ताला देखकर बहुत दुखी हुआ पूछने पर पड़ोस से ही चाबी भी मिल गयी परन्तु जब उसने यह सुना कि रचना मायके चली गयी, और उसकी दुःख की सीमा न रही।

दूसरे ही दिन वह ससुराल गया और रचना के घर पर ही होने पर भी जब रचना के पिता सोनपाल ने कह दिया कि वह शिमला गई है तो उसके दुःखो की सीमा न रही और वह यह कहकर कि रचना के बेबी होने पर खबर तो दे ही देना और तुरन्त ही वापस आ गया। रचना के बिना ही तीन माह बीत चुके थे न तो उसका कोई फोन आया और न खबर एक दिन दफ्तर से घर आने पर यह सुना कि उसके पिता की मृत्यु हो गयी है, तो वह बहुत दुःखी हुआ उसने सोचा कि शायद मेरे ऊपर दुःखो की वर्षा हो रही है। तब भी उसने धैर्य रखना ही उचित समझा।

पिता की अन्तिम क्रिया के बाद वह दफ्तर के बहाने कानपुर आ गया और उसने पास के घर से पता लगाया कि रचना घर में है या नही और हाँ का उत्तर सुनकर वह वह बहुत खुश होकर घर की ओर चल दिया इस बार भी अन्दर से दरवाजा नही खोला गया और यह सुनकर कि रचना कश्मीर में है वह बाहर ही बैठकर खूब रोया उसने कहा कि रचना को यह खुशखबरी दे देना कि मेरे पिता भी चल बसे है क्योकि मैं भी अब कुछ दिनों मे उसे छोडने वाला हूँ। मैंने तो अभी तक रचना के किसी से प्रेम नही किया। लेकिन अब रचना जिसके साथ चाहें उसके साथ रहे।

यह सुनकर रचना के पिता को क्रोध आ गया और लगभग चीखते हुए बोले कि चले जाओ वरना अच्छा न होगा यह सुनकर विपिन वापस आया और पिता की सारी किया आदि करके वापस लखनऊ आ गया अब वह अपने घर को नरक समझने लगा दुःखी रहने लगा। एक दिन

तो आवेश में आकर उसने ज्यादा ही पीली इसके बाद उसने शीला के पति रवि को कानपुर रचना के पास भेजा और कहलाया कि यदि वह नही आना चाहती तो कोई बात नही पर उसकी बेटी को तो दिखा दे वह और यह भी कहला दिया कि अब उसका कॉटा मर चुका है पर इतने पर भी रचना ने बेटी को नही भेजा। यह सुनकर उसने दम को तोड़ दिया अब विपिन नही रहा था। अब भी रचना इतनी निष्ठुर कठोर बनी रही कि वह उसके मरने पर भी ना आई लेकिन जब मिली बड़ी हो गयी तथा रचना पिता की मृत्यु के बाद उसके भाई-भाभी ने सब सुविधायें देना बन्द कर दिया तब उसे विपिन की बहुत याद आने लगी। दिन-भर रोती रहती उसने मिली के पूछने पर उसने पिता का नाम तो बता दिया परन्तु मिली के पिता के बारें कुछ न बता सकी और अब उसे अपनी जिन्दगीं भी बेकार लगने लगी क्योंकि उसके जीवन की रोशनी का दीप बुझ चुका था बस मिली के सहारे ही दीप थोडा टिमाटिमा रहा था उसके अधिक देर वह जलने की आशा नही थी और रचना के जीवन की रोशनी धीमी हो चुकी थी। वह अब कहती कि मेरा जगमगाता जीवन मेरे ही कारण धीमी रोशनी में बदल गया है।

इसके लिए वह अपने पिता को भी दोषी मानती थी.....कि उसने कभी अच्छा बुरा नहीं समझाया था। वह रात-दिन सोचती रहती काश उसने सच पता लगाने की कोशिश की होती तो आज वह अकेली नही होती..आज मिली भी अपने पिता के साथ होती--पर अब यह काश ! केवल काश ! यह सब सच होता तो मेरे जीवन में भी रोशनी होती न कि मेरे जीवन में धीमी रोशनी न होती काश काश ---

9

जलते दीप

घर के पाँच बहन भाईयों में मै सबसे छोटी व सुन्दर थी। अतः मुझे सबसे अधिक प्यार मिलना चाहिये था। मगर मेरी यह टाँग जो जन्म के कुछ समय बाद ही टूट गयी थी। उसने मुझे मम्मी-पापा के प्यार से हमेशा वंचित रखा था। मगर आज के परिणाम ने तो मेरी हमेश की अंधेरी दिवाली के बुझते दीपों को फिर से जला दिया था।

अरे हमारी रमा बेटी कहाँ है दिखाई नही दे रही घर पर पार्टी में आते ही रामनाथ चाचाजी ने पापा से पूछा-अरे! उसे यहाँ बुलाकर क्या अपनी तौहीन करानी है क्या? पिताजी ने उत्तर दिया।

अरे! इसमें तौहीन की क्या बात है?

वह अपाहिज जो है।

है तो तुम्हारी बेटी ही।

लेकिन ?

तो क्या तुम सिर्फ चार बच्चों के पिता हो और भाभी क्या आपने उसे जन्म नही दिया। चाचाजी ने मम्मी-पापा से कहा।

माँ से कोई उत्तर न बना सिर्फ उनकी आंखें नीची हो गयी।लेकिन वो है कहाँ अन्दर अपने कमरे में माँ ने उत्तर दिया सुनते ही चाचा जी अन्दर आये और मुझे देखकर बहुत खुश हुए और मैं मैं तो उनके आने पर बहुत खुश होती थी। मगर आज तो जैसे ही वह मेरे करीब आये मेरा सारा छिपा हुआ आक्रोश उनके पास बेठते ही निकल गया।

उसके गले से लगी मैं कब तक रोती रही पता ही नही चला।

नहीं ऐसे नही रोते बेटे-कहत हुये उन्होने मेरे आंसू पौछे। आखिर मेरी टांगें क्यों नही है चाचा क्यों मैनें रोते हुये पूछा? क्योकिं तुम अपने भाई-बहनों में सबसे अधिक होशियार हों और भगवान कोई न कोई कमी हर व्यक्ति में करता है। मुझसे अब आंसू पोछो-कहते हुये उन्होनें मेरे आंसू पौछते हुये मुझे मेरी गाड़ी पर बिठा दिया।

चाचा जी मेरी समझ में तो आपकी बाते आती ही नही है। अभी तुम छोटी हो बेटी थोड़ी बड़ी होते ही समझ जाओगी-कहते हुये वह मुझे बाहर के कमरे में ले गये-बाहर की चहल-पहल देखकर एक बार तो मैं ठगी सी रह गयी इतने लोग थे वहाँ, सभी को नाचते घूमते देखकर बार-बार मुझे मेरी कमी का अहसास हो रहा था।

रात दस बजे तक वह कार्यक्रम चला के बाद तो मैं सो गयी और थकने के कारण यह पता ही नही चला कि सुबह कब हो गयी।

रात बीती, सुबह मैं फ्रेश होकर जैसे ही कमरे में गयी तो चाचा जी आज भी मौजूद थे। पापा और चाचाजी मेमेरे दाखिले को लेकर बहस हो रही थी कितनी जबर्दस्त बहस थी वह आज भी याद करके दिल दहल जाता है।

"उस अपाहिज को रोज छोड़ने और लेने कौन जायेगा" पिता जी ने तर्क दिया।

"तुम जाओगे और कौन "

"मेरे पास समय कहाँ है"

समय तो निकालने से निकलता है मेरे यार। बस थोड़ी परेशानी जरूर होगी। सुबह नौ बजे तो जाते ही हों साढ़े आठ पर चले जाया करना रमा को छोड़ते हुये और दोपहर में संजीव ले आया करेगा। उन्होने मेरे भाई से कहा नही भई मेरे पास समय नही है। भाई ने साफ ही मना कर दिया।

ठीक है दोपहर की जिम्मेदारी मेरी है मगर सुबह तो तुम पहुँचा आओगे।

लेकिन समझ नही आता उसका पढ़ना क्या जरूरी है एक अनपढ़ रह भी जाये तो क्या फर्क पड़ता है--- पापा ने उत्तर दिया।

सब तरफ से हताश उत्तर सुनकर मैं अचानक रो पड़ी। क्योकि मैं भी पढ़ना चाहती थी सोचने लगी क्या सचमुच मैं नही पढ़ पाऊगी। शायद मेरी सिसाकियों की आवाज चाचा जी के कानों तक पहुँच गयी थी। अतः वह मेरे पास आये और मेरे सिर पर हाथ रखते हुये बोले नही बेटे रोते नही है, तुम पढ़ोगी और जरूर पढ़ोगी। मैं पढ़ाऊगा और जरूर पढ़ोगी मै। पढ़ाऊगा तुम्हें आज से तुम इनकी नही मेरी बेटी हो लेकिन तुम्हें एक वादा करना होगा।

क्या मैंने खुशी से पूछा।

यही कि तुम मन लगा कर पढ़ोगी और हमेशा अच्छे अंक लाओगी।

हाँ चाचाजी मैं वादा करती हूँ, कहते हुये मैं मुस्करा पड़ी।

रमेश मेरे यार तुम आज से समझना तुम्हारे चार ही बच्चे है, आज से रमा बेटी मेरी बेटी है अब यह मेरे पास रहेगी इसकी देखभाल मैं करूँगा चलो बेटी कहते हुये वह मुझे ले जाने लगे। मगर मेरी आंखें कुछ खोजती हुयी सी, इधर-उधर फिरने लगी। मैंनें चारों तरफ देखा मगर माँ वह भी मुझे से कट गयी थी मेरे जाते समय भी नही मिली मुझ से कितनी बदनसीब हूँ। मैं सोचते हुये मैने फैसला किया कि मैं अपने दोष को छिपाने के लिए खुब मेहनत करूँगी। इतनी आगे बढ़ जाऊगी कि माँ को मुझे अपनी बेटी कहते हुये शर्म महसूस न हो। फैसले करते हुये। मैं कब चाचाजी के घर आ गयी पता ही नही चला।

घर आकर चाचा जी ने मुझे तैयार किया फिर वह मुझे स्कूल ले गये। नाम लिखा कर वह चले गये। हर बच्चे की दया रूपी नजर मेरे ऊपर पड़ती तो मुझे अजीब सा महसूस होता लेकिन चाचा जी की बाते मेरे अन्दर अजीब सा साहस भर देती थी।

दिन बीतते गये और मैं सफलता की सीढ़ी आगे बढ़ती गयी। मैं सफर तय कर ही रही थी कि मेरी मुलाकात एक डॉक्टर से हुयी उसने मुझे बताया कि आजकल के समय नकली पैर लगवा कर मैं दूसरों की तरह चल सकूँगी। मैंने यह खुशखबरी चाचा जी को सुनाई। वह तो इस बात को सुनकर बहुत खुश हुये।

मुझे तो ऐसा लग रहा था, जैसे डूबते को तिनके का सहारा मिल गया हो। मैं कल ही तेरे पैर बनबा दूगाँ।

दूसरे दिन ही चाचा जी ने मेरे पैर बनवा दिये। चाचा जी अब मैं आई.एस. की परीक्षा जरूर दूगीं मैनें खुश होते हुये कहा हाँ बेटी तुम जरूर दोगी---कहते हुये चाचाजी ने अपने आंसू पौछे। चाचाजी आप रो रहे है आप तो कहते थें।कि कमजोर रोते है और आज-आप "नही बेटी यह तो खुशी के आंसू है" कहते हुये उन्होने मुझे गले से लगा लिया।

मैनें परीक्षा दी और सफल भी हुई । आज तेरी तपस्या पूरी हो गई बेटी-परीक्षाफल देखते हुये चाचा जी ने कहा

नही चाचा जी अभी एक परीक्षा और देनी है

"वो कौन सी"---चाचाजी ने उत्सुकता से पूछा।

अभी मुझे अपने मम्मी-पापा से और मिलना है। तो तुम मुझे छोड़कर जा रही हो वह परेशान हो उठे।

नहीं मैं आपको छोड़कर नही जाऊगी उन लोगों से मिलने की इच्छा हो रही है बस रहूँगी मैं यही अब तो आपका सहारा मै ही हूँ मैं कहाँ जाऊगी? मैनें प्यार से अपना सिर उनके कन्धों पर रख दिया।

तो फिर ठीक है, परसों दिवाली पर हम वहाँ जरूर चलेगें ठीक-पक्का चलो अब उठो और खाना लगाओं तुम्हारे चाचाजी को बड़ी भूख लगी है। कहते हुये उन्होनें मुझे उठा दिया।

दिवाली के दिन हम जाने की तैयारी कर ही रह थे कि अचानक अपने मम्मी पापा को सामने देखकर मुझे तो कुछ समझ ही नही आ रहा था कि मैं क्या करूँ कि अचानक मम्मी ने आगे आकर मुझे गले से लगा लिया।

बेटी तुम सचमुच महान हो पापा की ऑखों में आंसू थें।

नही पापा महान तो मेरे चाचाजी है। जिन्होनें मुझे यहाँ तक पहुचने में साथ दिया कहते हुये मैं चाचाजी के पास चली गयी।

अब बेटी घर चलो हम तुम्हें लेने आये है। मम्मी ने कहा।

यदि आप मुझे लेने आये हो तो यह आपकी भूल है आपके प्यार ने मेरे जलते हुय दीयों में तेल का काम तो किया है मेरे दीप यही जलते है और कहीं नहीं जल सकते। कहते हुये मैं दिवाली के दीपों को जलाने लगी-

और मेरे द्वारा जलाये गये दीप और तेजी से जलते हुये दीप देर तक जलते रहे। मैं और चाचाजी उन दीपों को देख रहे थे........जिनमें रोशनी के सिवा कुछ नही था। कुछ नही।

10

अन्तर्मन

पूरा मेरठ शहर गम में डूबा था। मेरठ शहर का सबसे बड़ा सेठ रतन इस दुनिया से जा चुका था। गम के साथ सन्तोष भी था। लोगों को क्योंकि उसने अपने पीछे अपार धन सम्पदा छोड़ी थी। दो बेटे, बहू, नाती, पोते, बेटी दामाद...भरा पूरा परिवार था....धन दौलत की कमी न थी। बाग-बगीचे,कोठी....मकान....रूपया पैसा....हर चीज से धनी थे रतन सेठ....उस शवयात्रा में पूरे शहर के मसीहा जा रहे थे क्योंकि अपने जीवन में पूरे शहर का कौन सा ऐसा व्यक्ति होगा जिसकी सेठ जी ने मदद न की हो...हर कोई सेठ जी का गुणगान करते नहीं थकता था।

और घर पर उनकी पत्नी का राज चलता था। उसके उठने से पहले सारे काम समाप्त हो चुके होते, चारों बहुएँ मम्मीजी-मम्मीजी माँ-माँ कहते नही थकती थी। उनकी बिना इच्छा घर का पत्ता तक नहीं हिलता था। लोग उनके परिवार की मिसाल देते थे। ऐसा नहीं था कि उनकी रईसी पुस्तैनी थी। उन्होनें भी गरीबी करीब से देखी थी। छोटे-छोटे बच्चों को खिलाने के बाद जो बचता उसे खाकर ही गुजारा करते थे। बस उन दिनों और आज में सिर्फ एक ही समानता थी कि तब भी वे दोनों पति-पत्नी सन्तोषी थे और आज भी अहम उन्हें छू नहीं पाता था

2

तेरहवीं की दावत चल रही थी, अचानक शोर होने लगा क्या बात है सेठ जी के यहाँ गरम पानी हमें नही पीना, सब्जी है या जहर इतना

नमक अरे खीर में चीनी ही नहीं है....सपना अन्दर ही अन्दर घुटी जा रही थी। कितनें ही भण्डारे उसने अपने जीवन में कराये थे। सभी खाने वाले उॅंगलियाॅं चाटते थे....कहते भन्डारा क्या है? लगता है शादी की दावत है और आज यह शोर उसे समझ ही नही आया कि वह क्या करें? पुरूषों के बीच में जाकर बोलना उसकी सभ्यता नही थी। वह अन्दर बैठी रोती रही...दोनों बेटियाँ उन्हें सान्त्वना दे रही थी उसके सभी बहनें-भाई उसके दर्द को बॉट रहे थे।

“सपना तुम चाहों तो हमारे साथ चलों...कुछ दिनों में मन बदल जाए तब वापस आ जाना”---बड़े भाई ने उसे समझाते हुए कहा।

“नहीं भाई मैं यहीं ठीक हूँ तीस बरस से रहते-रहते यहाँ मेरी आत्मा बस गई है अब कहीं नही रह पाऊगी”---सपना ने जबाब दिया लेकिन सपना अब लगता नहीं कि बेटों बहुओ को तुम्हारी जरूरत है।बात गायत्री ने पूरी की जो कि सपना की बड़ी बहन थी।

“भाभी हम जाए”---ननद ने अन्दर आते हुए कहा।

“बीबी ऐसे-कैसे जाओगी..भइया गए है....भाभी अभी जिन्दा है और जब तक मैं हूँ आप खाली हाथ नहीं जा सकती”---सपना कहते-कहते अपनी ननद के गले लगकर रोने लगी। पता नहीं क्यों उसे भी अपनी बदलती स्थिति का अहसास होने लगा था।

“सपना ऐसे नहीं रोते..हम सब है न..तुम्हारे साथ..और तुम्हें परेशान होने की जरूरत ही क्या है रतन लाल ने इतना छोड़ा है तेरे लिए बस अधिकार मत छोड़ना....तूने ढील दी और सब कुछ तुम्हारें हाथ से निकल जाएगा”--बड़ी बहन ने उसे समझाते हुए कहा।

“क्या मौसीजी...आप तो ऐसे समझा रहे है..जैसे हम इनके दुश्मन है....आप सब ही सगें”---बड़ी बहू ने भौंहें चढ़ाकर कुछ इस तरह कहा कि सपना कुछ कहना चाहती थी कि उसकी बहन ने उसका हाथ दबा दिया।

सब शान्त हो गया....रिश्तेदार भी विदा हो चुके थे। सुबह उठी तो देखा कि बहू तिजोरी खोलकर पैसे निकाल रही थी...”उसे देखकर बहू तुम पैसे क्यों निकाल रही हो सुबह-सुबह किसका हिसाब करना है।“....सपना ने बहू से पूछा।

"मुझे क्या पता....बाहर कहा पैसे ला दो सो चली आई और हिसाब किसका.....हिसाब तो सबका हो चुका......अब तो किसी का बाकी नही है

"हिसाब हो चुका किसने किया"-- सपना ने आश्चर्य चकित होकर पूछा।

"हमने किया क्यों-क्या परेशानी है? बाबूजी के बाद अब हमें ही तो संभालना है.....तो पूछना कैसा और किससे"---घर के बड़े बेटे ने अन्दर आते हुए पूछा।

"लेकिन राहुल अभी तो मैं जिन्दा हूँ"---सपना ने ठिठाई से कहा।

"हाँ तो किसने मना किया.....रहो चैन से अच्छा खाओ...अच्छा पहनो.....और हरि का भजन करो....और क्या करना है इस उम्र में.....किसे क्या देना है यह हम देख लेगें....बच्चे नहीं है हम"---राहुल ने कठोरता से कहा।

सपना बेटे की कठोरता देखकर शान्त रह गई बात बढ़ जाने का डर था।

थोड़ी देर की शान्ति के बाद बहू-बेटे उसके कमरे से बाहर निकल गए। आज अकेले में बैठे-बैठे उसे याद आ रहा था, कि जब रतन सेठ थे तो मजाल था कि कोई तेज आवाज में बात करें चाबी भले ही बड़ी बहू के पास थी....परन्तु बिना पूछे तिजोरी खोलने की हिम्मत कभी नहीं हुई उसकी....शाम को क्या बनेगा.....सुबह उसके उठने से पहले उसके कमरे में चाय आ जाती थी....आज सुबह सूरज सढ़ आया था नौ बज चुके थे। चाय के दर्शन ही न ही हुए थे....सोचते-सोचते दो ऑसू ऑखों से लुढ़क गए....जिन्हें उसने समय रहते ही संभाल लियाथा।

(3)

रतन सेठ को गुजरे एक महीना हो चुका था.....सपना आज अपने मायके से वापस आई तो अपने कमरे की ओर गई....तो उसके कदम ठिठक गए अब वहाँ न तो उसका बिस्तर था न उसके कपड़े थे....वह भौचक्की सी देखती रह गई....बाहर आकर बस इतना ही कहा.....मेरा सामान हटाने की हिम्मत किसने की....कौन है जिसने मेरा कमरा खाली किया है....वह बोलती जा रही थी....किसी की हिम्मत नही हो पा रही थी....कि उसके गुस्से का सामना कर सके.....थोड़ी देर बाद बड़ी बहू ने

मोर्चा संभाला।

"क्यों चिल्ला-चिल्लाकर घर सिर पर उठा रखा है"

"कुछ नहीं बहू मेरा सामान उठाया किसने"-सपना ने थोड़ा शान्त होकर प्रश्न किया । अब उसे अपना रूतबा कम होने का आभास हो गया था....परन्तु उसका मन यह स्वीकार करने को तैयार नही था.....कि उसकी परिवरिश में कमी हो सकती है।

"सीढ़ियों के पास वाले कमरे में रखा है....हमने घर से बाहर नहीं फैंका है....अब पिताजी तो रहे नही तो आपको इतने बड़े कमरे का क्या करना? अब हमने सोचा कि हममें से कोई यहाँ आकर रहे.....बाद में निर्णय हुआ कि पहले मैं बड़ी हूँ तो मैं ही रहूँगी....आपकों क्या करना है बस खायो पीयो हरिभजन करों उतने भर के लिये तो वह कमरा छोटा भी नही है, वैसे पूरा घर आपका है"---सुनाने के बाद बहू ने मक्खन लगाते हुए कहा।

"कोई बात नही....मैनें तो ऐसे ही कह दिया था"---- कहते हुए सपना अपने कमरे में आ गई....उसे अपनी दशा पर दया आ रही थी-वह ऑखों के गिरते ऑसूओं को बार-बार साड़ी के पल्ले से पोंछ रही थी....उसके पास बस अब अपने गहने थे...और अपने नाम जमा धनराशि थी...जो कि रतन सेठ ने शायद इसी बुरे वक्त के लिए रखी थी। शायद उन्हें दुनियादारी का ज्यादा पता था।

(4)

"माँ कहाँ हो?....क्या कर रही हो, सो गई क्या?" -कहते हुए दानों बेटे उसके पास आ गए थे।

"नहीं तो बस हरिभजन कर रही थी"---सपना ने रूखेपन से कहा।

माँ के पास बैठे तो दोनों थे मगर बोल एक भी नही रहा था उनके चेहरे से ऐसा लग रहा था मानो बहुत बड़ी मुसीबत आ पड़ी हो....दोनों के दोनों सर झुकाए बैंठे थे।

"क्या बात है बेटा क्या हुआ है.....कोई बात है तो बताओं....मैं कुछ कर सकती हूँ....तो बताओ"---सपना का दिल बैठा जा रहा था उसे आभास ही नहीं था....कि वे दोनों उसे ठगने का प्लान बना रहे है पर उसका मन तो माँ का था वह समझ ही नहीं पा रही थी कि उसके गहनों का हड़पने का प्लान बन रहा है।

"माँ.....अनुज से गलती हो गयी है....वह 420 में फॅस गया है। उसके बॉस को लगता है कि अनुज ने जान बूझ कर यह सब किया है.....जबकि सच यह है...कि माँ विश्वास करो इसने कुछ नही किया....आप ही बताओं कि क्या आपका बेटा ऐसा कोई काम कर सकता है.....बताइए न दोनों ने नजरें झुका ली और रोनी सूरत बना ली।

माँ का दिल था...दुःखी हो गया था.....वह हर भरसक प्रयास करने लगी..मन ही मन सोचते हुए उसने स्पष्ट रूप से बस इतना ही कहा---"हुआ क्या है बेटा.....कुछ तो बोलों मेरा दिल बैठा जा रहा है। अब बता भी दो क्या हुआ है?"

"माँ अनुज ने ऑफिस में काम करते समय दो लाख की जगह बीस हजार लिख दिया है...आप ही बताइए कि एक जीरो भी ही तो बात थी.....यह गलती तो हो जाती है.....इतनी सी बात के लिए मालिक ने पुलिस को खबर कर दी है.....आज तो वह छिपकर भाग आया पर कल..." ---राहुल ने बात अधूरी छोड़ दी....दोनों भाई कनखियों से सपना के हाथ-भाव को देखने का प्रयास कर रहे थे।

"पर बेटा कल क्या....." सपना की आवाज रुँध गई वह अपनी आंखों के ऑसू बार-बार रोकने का प्रयास कर रही थी।

"कल तो इसे लगता है कि इसे पुलिस पकड़कर ही ले जाएगी जबाव राहुल ने दिया और रोने लगा"...सपना का दिल घबरा उठा उसने दोनों बेटों को चुप कराते हुए कहा—"इससे बचने का कोई तो उपाय होगा....मेरे जीते जी मेरा बेटा जेल जाए यह मैं सहन नहीं कर सकती....बताओं न बेटा मेरा बेटा जेल से कैसे बच सकता है।"

"माँ अब तो एक ही उपाय है कि अनुज वह दो लाख रूपये ऑफिस में जमा कर दें....तो ही यह बच सकता अन्यथा कोई उपाय नहीं है।"

"ओह! बस दो लाख"

"हाँ माँ - दो रूपये नहीं दो लाख हैं ये"

"पता है दो लाख है---तुम यहीं रूको कहकर सपना उठी और अपने गहने ले आई....सामने रखकर बोली...लो इन्हें बेचकर दो लाख मिल जाऐगें....अब जब बच्चों पर परेशानी आई है और माँ गहने पहनकर घूमें यह मेरे से नहीं होगा....तुम अपनी जान बचाओं बेटा गहनों का क्या है?

फिर बन जाऐगें....ठीक है। जाओ बेटा खुश रहों।"

पर माँ ये तो आपके अपने हैं और यहीं तो औरत का स्त्रीधन होता है....हम इसे कैसे ले सकते है.....कुछ नहीं माँ बस चार पांच साल में बाहर आ जाएगा इन्हें मैं नहीं ले सकता....सच माँ इन्हें नहीं ले सकता और गलती मैंनें की है तो आप क्यों भुगतान करें....मैं ही सजा भुगत लूँगा इस बार मोर्चा अनुज ने सभाला था।

"नहीं बेटा - मैं अपने जीते जी तुम्हें जेल नहीं जाने दूँगी....कभी नहीं.....किसी कीमत पर नहीं....गहनों का क्या है.....तुम फिर बनवा देना लो और अपना काम करो"----सपना ने शान्त भाव से कहा और गहनो का डिब्बा उनके हाथ में रख दिया।

दोनों उस डब्बे को लेकर बाहर आ गए....अपनी चालाकी पर हँस रहे थे....माँ को पागल बनाकर वह बहुत खुश थे।

(5)

सपना ने बहुओं के व्यवहार को देखकर धीरे-धीरे घर के काम करना प्रारम्भ कर दिये थे..यूं तो बहुओं ने कुछ नहीं कहा था.....बस आपस में ही कुछ-कुछ कहती रहती थी....सपना सुनती रहती और अब वह घर के छोटे-छोटे कार्य करती रहती सबके उठने से पहले ठंड मे भी झाड़ू लगा देती बाहर से पानी भर देती उसके घुटनों की परेशानी को देखते हुए रतन सेठ ने कभी उसे काम नहीं करने दिया और आज बेटे-बहू उसे रोकते नहीं थे...उसके गहनों को लेकर अनुज ने नया व्यापार प्रारम्भ किया....यह सपना की समझ में नही आया था...कि वे नये व्यापार के लिये पैसा कहाँ से आया? सुबह सबको उठने से पहले ही वह चाय तक बना देती थी।

कभी-कभी वह दर्द से भी कराह उठती तो कोई यह नहीं पूछता कि क्या हुआ....बल्कि कहते कितनी अजीब आवाज निकालती हो.....मन खराब हो जाता है यह नहीं कमरे में आराम करो....तब तो तुम्हें यह भी दिखाना है कि कितना काम करती है....जब तक आस-पास वालों को यह न पता चले कि हम आप पर जुल्म करते है लोग बेचारी न मानने लगें तब तक आपके दिल को तसल्ली नही मिलती है न....पतानहीं क्या चाहती हो आप । बड़े बेटे ने जब यह सब कठोरता से कहा तो सपना के आंसू छलक आए उसने इस अपमान की कभी कल्पना भी नही की

थी...बस वह उठी और पल्ले से ऑसू पोछते हुए कमरें में आ गई।

"क्या हुआ माँ?"---अन्दर आते हुए अनुज की पत्नी राधा ने शान्त भाव से पूछा राधा सब कुछ जानती थी कि कैसे सबने माँ को पागल बना कर उनके गहने रूपये निकलवा लिये है....वह जब-तब उसके पास आकर बैठ जाती.....राधा सपना को अपनी माँ मानती थी क्योंकि उसकी माँ बचपन में ही चल बसीं थी...दो भाईयों की अकेली बहन होने के कारण दादी-बाबा-पापा की लाड़ली थी सपना भी उसे बेटी मानती थी सत्य ही था कि दिल के तार दिल से जुड़े होते है

"कुछ नही बहू....बस बुढ़ापे का दर्द है क्योकि कि बुढ़ापा खुद ही बीमारी है न"

"हाँ माँ यह तो है पर आप ठण्ड के दिनों में तो कम से कम इतनी जल्दी मत उठा करिए"

"पर बहू तुम लोग इतनी देर से उठते हो ....और बासी घर में लक्ष्मी नहीं आती समझे"

"लेकिन माँ"

"लेकिन-वेकिन कुछ नहीं जाओं अपना काम करो....मुझे भी आराम करने दो।"---कहते हुए सपना लेट गई थी।

सपना का मन उचट गया था....वह कैद में रखे पक्षी जैसे आजाद होना चाहते है....वैसे भी वह घबरा रही थी...रह रह कर उसे रतन सेठ की बात याद आ रही थी पिछले कुछ दिनों से वे समझाते थे।

सपना-पैसा और गहने ही तुम्हें इज्जत दिलवायेगें और इन बेटों पर कभी भरोसा मत करना.....यह बहुत ही लालची है। लेकिन सपना क्या करती बस माँ का दिल था। वह बातें भूलकर बच्चों के मोह में फंस गया.....आज वह सोच रही थी। काश उसने पति की बातें मान ली होती तो आज एक-एक पैसे के लिए बेटों के आगे हाथ न फैलाना पड़ता....कुछ लोगों ने पूर्णिमा को गंगा स्नान का कार्यक्रम बनाया है...वह दृढ़ निश्चय कर उठी बाहर आकर जोर से बोली---"सबसे बात करनी है बाहर आओं।"

"क्या है-क्यों शोर कर रही हो-सुबह से निकले अब थके-मादे घर में घुसे है, अब तुम्हारी खट-खट चैन से पानी भीं नहीं पीने देती"---बड़े बेटे राहुल ने लगभग चिल्लाते हुए कहा।

"मैंने कहा मुझे बात करनी है तो करनी है"---सपना के कठोर स्वर को सुनकर सब चोंक गए।रतन सेठ को गुजरे दो बरस के बाद आज पहली बार सबने इतनी कड़क आवाज सुनी थी...सब शान्त भाव से बैठ गये थे।

"मैनें सुना है...पड़ोस के रामलाल जी गंगाजी गाड़ी ले जा रहे है भाड़ा आदि सब पांच सौ रूपया खर्चा है...दो दिन लगेगें"---सपना ने उसी कठोरता से कहा।

"दो दिन के लिए पाँच सौ रूपये में आठ दिन का काम चलता है"---इस बार आवाज अनुज की थी।

"मैंने किसी से कुछ पूछा नहीं है बस बताया है....अब तुम सोचो कि तुम दोनों मे से कौन देगा...दूसरी बात यह है...कि तुम दो या न दों मै तो जाकर ही रहूगी।"---सपना ने फैसला सुनाया और कमरे में आ गई।

सब अपनी-अपनी सोच रहे थे। आरती परेशान थी कि उसे सुबह झाड़ू लगानी पड़ेगी--राहुल सोच रहा था कि पाँच सौ रूपये का व्यर्थ का खर्चा होगा और कहीं आकर बीमार पड़ गई तो दवाई आदि का खर्चा और...पता नहीं माँ को क्या सूझी ठण्ड में गंगाजी जाने की स्पष्ट रूप से राहुल ही बोला?

तीन दिन से घर में सब शान्त था....सबने सोचा कि माँ ने जाने का विचार छोड़ दिया है....दूसरी ओर सपना ने सोचा घर में तो रूपयों के मिलने की उम्मीद नहीं थी...उसने रामलाल जी को सारी बातें बताई तो उन्होने सपना से हाथ जोड़कर इतना ही कहा-क्यों शर्मिन्दा कर रही हो कितने अहसान है रतन सेठ जी के हम सब पर....हम भी आपके बेटे है...हमें भी अपना ही समझिए। सुनकर सपना की आंखें भर आई...उसने निर्णय किया चाहे कुछ हो जाए वह जाएगी जरूर.....कुछ सोचकर उसने हां कर दी.....दो दिन बाद सुबह पांच बजे निकलना था...साथ में ही उसने बैग में दो साड़ी रखी कानों कुन्डल निकालें.....हाथों से वर्षो से पहनी सोने की चूड़िया निकाली और अलमारी में संभालकर रख दी....दोनों पोतियों के नाम की पर्ची भी लगा दी....लिख दिया कि ये उन दोनों के लिए है.....किसी का उन पर कोई हक नहीं है....उसके अन्तर्मन में बस एक ही लालसा था, कि पता नहीं ये लोभी बेटे उन्हं गंगाजी ले जाए या नहीं सब

उनकी यह अन्तिम यात्रा हो।

सुबह सपना धीरे से उठी। सामान उठाया....घर से निकल गई। वह इंतने धीरे से चल रही थी कि घर में किसी को आभास तक नहीं हुआ....कि वह पूरे घर में घूम-घूम अपने इस घर में बिताए समय को याद कर रही थी और फिर उसने धीरे से दरवाजा खोला और निकल गई।

पूरे रास्ते खिड़की के पास शान्त रूप से बैठी रही। सभी ने कारण पूछा बात करने का प्रयास किया। लेकिन सपना के मुँह से बोल ही नहीं निकल रहे थे। वह बार-बार सोच रही थी। कितने सपने कितने अरमानें से उसने घरोंदें को बनाया था? आज उन सपनों के पार सिर्फ धुंध ही धुंध दिखाई दे रही थी। उस धुंध में कुछ आकृतियाँ बन-बिगड़ रही थी। वह कुछ सोच रही थी....कि अचानक-

"सेठानी उतरो गंगाजी आ गई है"---बस में किसी की आवाज ने उसे जैसे नींद से जगा दिया था....वह नीचे उतरी और शान्ति से बैठ गई....सबको नहाते हुए देखती रही.।

"क्या हुआ"

"कुछ नहीं भइया बस अब तो लगता है....कि समय पूरा हो गया पता नहीं अब घर नहीं जाना है बस मन करता है....कि मैं यहीं रहकर हरि का भजन कंरू....और अपना परलोक सवारूं....समय हो जाए तो अपने सेठ जी के पास चली जाऊ।"

ठीक है...पर अभी तो नहा लो फिर बैठकर बातें करेगें.....रामलाल जी समझ चुके थे.....कि बेटों से परेशान होने से और सेठानी का रूतवा कम होना सहन नहीं कर पा रही है। वह शान्त होकर उन्हें जाते हुए देख रहे थे...वह सोच रहे थे वक्त...इंसान को कितना बदल देता है एक समय था जब सपना छत पर बोलती तो सारे नौकर थर-थर कांप जाते थे उनसे पूछ बिना बहू घर से कदम निकालती और आज बहुएं जब देखो दरवाजे पर खड़ी होकर बतियाती रहती है।

सपना नहाने जा चुकी थी वह नहाते हुए आगे बढ़ती जा रही थी....सबने तेज आवाज में चिल्लाना शुरू किया......सेठानी आगे मत जाओं.....पानी गहरा है.....डूब जाओगी...लग रहा था कि जैसे उसने सुना ही नही।

"छप-छप-छप की आवाज के साथ ही बस एक बार सपना ऊपर उठी और नीचें पानी में समाती चली गयी......शायद सपनों के पार के धुँधलके में समा गईथी वह....रह गयी थी...उसकी बातें सिर्फ बातें जो सभी के अन्तर्मन को झकझोर रही थी कि आखिर क्या थी ऐसी नियति जो सपना का ऐसा अन्त हुआ.....रामलाल सर पर हाथ रखे बैठे थे--------शान्त-निश्चल-।"

11

कुछ रिश्ते ऐसे भी

सुमन लॉन में आराम कुर्सी पर कुछ चिंतित सी बेठी थी। उसके चेहरे पर चिंता की लकीरों को पढ़ने की माँ और बहन भरसक कोशिश कर रहीं थी। वह जितना उन्हें छिपाने की कोशिश करती उतना ही वह और उभर आती...और वह चिंता सिर्फ इतनी थी कि वह बार-बार सनी के विषय में सोच रही थी...जिसे उसने आज तक केवल अपना दोस्त समझा था....परन्तु सनी उसे हमेशा दोस्ती से आगे बढ़ने को प्रेरित करता रहता था...और बार-बार कहता सुमन मेरे प्यार को दोस्ती का नाम न दो, बात यहीं तक रहती तो ठीक था परन्तु एक दिन तो हद हो गयी ऑफिस में मौंका ढूढंकर एक पत्र उसके हाथ में थमा दिया वह उस पत्र को और उसकी हिम्मत को देखकर भौचंक्की रह गई। जब उसने उस पत्र को पढ़ा तो उसे आश्यर्च भी हुआ क्योंकि वह पत्र नहीं एक सशक्त महाकाव्य था....जिसके सामने बड़े से बड़ा महाकाव्य भी छोटा था...वह इन्ही विचारों में कुछ रास्ता ढूढ़ रही थी....कि माँ ने उसे पुकार ही लिया.....कि सुमन लगता है, आज तुम्हें ऑफिस नही जाना है, एक आवाज तो वह सुन ही नहीं पाई तो माँ ने पास आकर पुकारा.......

"क्या हुआ कहाँ खोई हो?"

"कुछ नही बस"

"ऑफिस से छुट्टी ली है क्या"

"नहीं ऽऽ जाना तो है"- - सुमन ने अनमने मन से कहा।

"लगता है, तबीयत ठीक नहीं है"---माँ ने प्रश्न किया।

"नहीं-नहीं ऐसी बात नहीं है पर एक बात पूछँ मासूम सी बच्ची बन सुमन ने अपना सर माँ की गोद में रख दिया। यह देखकर माँ को सुमन का बचपन याद आ गया। जब उसे कोई बात पूछनी हो और पूछने में डर रही हो तो इसी तरह बेबस हो जाती थी। माँ ने प्यार से पूछा...बेझिझक पूछो....वह कुछ कहती उससे पहले ही घड़ी ने नौ बजे का घण्टा बजाया तो माँ ने चौकते हुए कहा....जो भी पूछना है जल्दी पूछो नहीं तो तुम्हें देर हो जाएगी.....परेशान सी माँ ने सुमन से कहा माँ यदि किसी के पास हर चीज है बस एक ही चीज नही है लेकिन वह वही चीज किसी से माँगे जो तो उसके पास है, तो उसे क्या करना चाहिए? जिससे वह उस चीज को माँग रहा है, माँ के चेहरे पर चिन्ता की लकीरे खिंच गई और वह परेशान हो गई । वह समझ नहीं पा रही थी, कि वह क्या उत्तर दें वह चुप रही।

तब सुमन ने ही कहा माँ आपने मेरी बात का उत्तर नही दिया। ह बेटे ऐसे समय पर इन्सान को वही करना चाहिये जो उसका दिल कहे लेकिन तुमने ऐसा क्यों पूछा ? तुमसे किसी ने क्या माँगा है। माँ मुझसे नहीं यह घटना मेरी सहेली उमा के साथ हुई है और सुमन के इस झूठ पर माँ विश्वास कर गई । सुमन तैयार होकर ऑफिस चली गई ।

लेकिन उसका मन अब भी परेशान था, पर कोई था जो उसके गुलाबी साड़ी में लिपटे सौन्दर्य व काली बालों की घटाओं से निकले हुये चॉद रूपी मुखड़े को एक टक देख रहा था यह शक्श वही सनी था, जिसने उसे वह खत दिया था।

लेकिन सुमन अपने ख्यालों में खोयी इस बात से बेखबर थी। समय बीतने पर जैसे ही लंच टाइम में सुमन बाहर जाने लगी तो सामने सनी को देखकर चैंक गयी। अरे! सनी तुम कब आये यहाँ कुछ संभलते हुये सुमन ने पूछा बहुत देर हो गई, तुमसे बात करनी थी तो प्लीज चलों न। पता नहीं क्यों? सुमन न नहीं कर सकी और उसके साथ चल दी सनी एक शादी शुदा, खूबसूरत नेक दिल इन्सान था। वह सुमन से भी प्यार की भीख मांग रहा था। ख्यालों में खोईसुमन कब केबिन में आ गयी, उसे पता ही नही चला। सनी ने सुमन की ओर निहारते हुये पूछा---"सुमन तुमने मेरे खत का जवाब नही दिया" सनी मैं दोस्त हो सकती हूँ।इससे

अधिक कुछ नहीं सुमन ने एक-एक शब्द पर जोर देते हुए कहा "नहीं सुमन मेरे प्यार को दोस्ती का नाम मत दो मेरी बातों को हंसी में मत टालों मैं तुमसे प्यार करने लगा हूं। तुम्हारे सपने अब मेरे हो चुके है तुम ही हो जिसे मैं प्यार करता हूं और यदि मेरा प्यार प्यार नहीं तो राधा-कृष्ण का प्यार भी प्यार नहीं है। तुम न कहोगी तो मैं भटक जाऊँगा। मुझे सॅभाल लो सुमन,मुझे सॅभाल लो"---सनी का स्वर भींग सा गया था सुमन को भी उस पर दया सी आने लगी, शायद वह भी उससे प्यार करने लगी थी। उसने अपना हाथ सनी के हाथ पर रख दिया और सनी वह तो शायद यही चाहता था। उसने सुमन के हाथ को कसकर पकड़ लिया और अजीब सी सूनी ऑखों से उसे देखने लगा। मानों कह रह हो, सुमन मुझे छोड़ना मत मुझे भूल मत जाना सुमन जड़-सी बैठी रही, समय कब बीत गया इस का दोनों को पता ही नहीं चला सहसा किसी की आवाज ने उसे चौका दिया--"सुमन काम पर नहीं चलना सुमन आवाज सुनकर चौक पड़ी। वह उठी और चली गयी, सुमन का मन शान्त नही था।

उसके मन में आंधी सी चल रही थी। वह निर्णय नहीं कर पा रही थी,कि वह ठीक कर रही है या नहीं अन्त में उसने फैसला कर लिया वह सनी से प्रेम करती रहेगी। चाहे जो हो, उनकी मुलाकाते बढ़ने लगी। सुमन बेहद खुश रहती थी। अचानक वह दिन भी आया, जब सनी को वापस जाना था, क्योंकि वह फौज में था? यह उसके भाई का ऑफिस था।जब वह छुट्टी पर आता तो यहाँ आ जाता था, जब सनी उससे अन्तिम बार मिलने आया, तब सुमन रो पड़ी उसके आखों से बहने वाले ऑसूओं से सनी का कन्धा भींग चुका था। ऐसे नही रोया करते पगली मेरे जीवन के तो तीन हिस्से है एक देश के लिये दूसरा शशी के लिए और तीसरा सिर्फ तुम्हारे लिये है सिर्फ तुम्हारे लिये सनी ने उसका चेहरा दोनों हाथों मे लिए हुए कहा पर एक वायदा करो समय से पत्र लिखती रहोगी।

हाँ सनी मैं पत्र लिखती रहूगीं पर तुम भी समय से जबाब दोगें"--न कहते हुए वह एक बार फिर से सनी के सीने में छिपकर रोने लगी।

राजू को गए हुए पन्द्रह दिन ही हुए थे, मगर सुमन को तो एक दिन एक बरस के समान लगता था। उसे लगा पन्द्रह जनम बीत चुके है। वह रोज पोस्ट ऑफिस जाती, वहाँ से सिर्फ उदासी ही लेकर आती थी।

अब सुमन बदल चुकी थी, अब वह केवल हँसती थी तो केवल गम छपाने के लिये वह इन्तजार करते-करते थक चुकी थी, टूट चुकी थी, उसने राजू को देवता समझकर पूजा था, उसेलगा कि वह किसी और को प्रेम करने लगा है, लेकिन सुमन चाहते हुए भी उसे नही भूल पायी, हर दिन उसे सनी का इन्तजार था।

सुमन का वह सौन्दर्य जिसे राजू ने चॉद समझा था, वह चॉद मैला हो चुका था। दगीला चॉद कब किसे अच्छा लगता है, इसी तरह उसे भी हसरत भरी नजरों से देखने वाले लोग आज उससे ऑखें चुराने लगे थे। बात करने से कतराने लगे थे। पर सुमन को तो इन्तजार था। उसी घड़ी का जब उसका सनी वापस आएगा। वक्त गुजरता गया....सुमन सनी को भूल चुकी थी.....वक्त की रफ्तार के साथ मन की यादें मिटी नहीं थी, पर धुधंली हो चुकी थी। एक दिन सुबह-सुबह वह उठी और ऑफिस के लिए तैयार हो रही थी। वर्षो बाद आज वह ठीक से तैयार हो रही थी। उसे तैयार होता देख घर के सब लोग खुश थे।

"क्या बात है दीदी, आज तो आप बहुत प्यारी लग रही हो, छोटी बहन ने चुटकी लेते हुए कहा नही बस ऑफिस में न्यू ईयर की पार्टी है और मैं सोच रही हूं कि अब मुझे भी सबके साथ मिलना जुलना चाहिए, आगे बढ़ना चाहिए। कब तक सपनों के सहारे जीवन बिताऊँगी कहते हुए वह फिर से तैयार होने लगी। उसे इस तरह खुश देखकर माँ को तसल्ली मिली। वरना पिछले दो सालों में उसने अपनी बेटी को बस घर और ऑफिस के बीच झूलते देखा था...लगता था कि सनी खुद नहीं गया बल्कि सुमन को भी अपने साथ ले गया है और उनके साथ तो सिर्फ सुमन का पुतला रहता था लेकिन आज के उसके इस बदले हुए रूप से वह बहुत खुश थी क्या बात है बेटी, कितनी देर में आओगी"---माँ ने सुमन से खुश होते हुए पूछा।

"जल्दी आ जाऊगी....और हाँ शाम को खाना खाकर आऊगी तो मत बनाना....ठीक है।"---

कहते हुए सुमन निकल गई माँ अब भी शान्त भाव से उसे जाते हुए देख रही थी।

(2)

ऑफिस में सुमन सबसे अलग दिख रही थी....सभी उसे इस रूप में देखकर खुश भी थे और अचम्भित भी थे। आज की पार्टी की शान बन गई थी वह देर तक वह पार्टी करती रही....फिर शाम को देर हो जाने के कारण ऑफिस में काम करने वाले राहुल के साथ ही घर वापस आ गई....रात भर वह सोचती रही....कितना अच्छा होता कि सनी भी उसके साथ होता....सोच उसकी खुशियों पर हावी हो रही थी।जितना वह पुरानी यादों को भुलाना चाहती उतना ही वह उस पर हावी हो जाती....वह परेशान सी छत पर टहलने लगी....उसके मन में केवल एक ही बात चल रही थी.....आखिर कैसे कोई किसी के सपनों को तोड़कर आगे बढ़ सकता है लेकिन उसका मन यह मानने को तैयार नहीं था....कि सनी ऐसा भी कर सकता है...कि स्वयं प्रेम के लिए कहने के बाद भी उससे धोखा करे....आज दो वर्ष बाद उसे लगा कि एक बात तो जरूर उससे मिलेगी...विचार करते हुए वह कब सो गई - उसे पता ही नही चला।

दूसरे दिन सुबह ही ऑफिस से छुट्टी ली और सुमन सीधे सनी के घर पहुच गई....घर क्या था? साधारण से गाँव के बीचों-बीच बड़ा सा मकान था...लगता था, पुराने समय के किसी राजा का महल हो उसने गांव में पहुँचते ही सनी के घर का पता पूछा तो लोगों की नजरें.....उसे खा जाने वाली मालूम हो रही थी....किसी बच्चें ने आकर कहा कि दीदी सनी भइया तो फौज में बड़े अफसर बन गए है और वो तो दो साल से घर ही नही आए है.........।

“क्यों?”--- मुझे आश्चर्य हुआ।

“वोऽऽ वो है न”

क्या है न.....कुछ बताओं तो सुमन का दिल बैठा जा रहा था।

“उनके पापा चले गए न”---तो उन्हें यहाँ अच्छा नहीं लगता।

“ओह.....और उसकी पत्नी”

‘वो तो अपने घर चली गई”

“क्यों”---मैनें शान्त भाव से पूछा।

“वो है, न दीदी भइया जल्दी-जल्दी नहीं आते और उनके फोन में कुछ देख लिया तो भाभीगुस्सा हो गयी।“---बच्चे ने बड़ी ही मासूमियत से कहा।

"तो अब घर में कौन-कौन है?"

"कोई नहीं-बस दीदी और अम्मा"

"बस दीदी और अम्मा"-सुमन ने आश्चर्य से कहा---कोई नहीं मैं मिलकर आती हूँ --कहते हुए सुमन आगे बढ़ गई।

घर के बाहर पहुँचकर अन्दर से आती हुई आवाजों से उसके कदम बाहर ही रूक गए।

"नहीं भाईसाहब उस शशि के लिए हमारे घर में अब कोई जगह नहीं है"सनी की मां ने कहा

लेकिन माताजी अब इस उम्र में वह भी शादी शुदा कहाँ जाएगी वह कुछ तो सोचिए उसका तो जीवन बर्बाद हो जाएगा"---परेशान सी आवाज शायद शशि के पिता थे।

"नहीं भाईसाहब हमने भी यह फैसला तब लिया है.....जब अति हो गई है,वरना हम भी पिछले पांच साल से सहन कर ही रहे थे सब कुछ....लेकिन अब जब उसे ही घर परिवार के मायने नही पता तो हम क्या करें"---माँ ने उत्तर दिया।

"नहीं बहनजी कुछ तो शशी के पिता की बातें बीच में ही काट कर सनी की माँ ने कहा ....हमने एक बार कह दिया नहीं तो नहीं....अब सनी के बाबूजी नहीं है.....जो आप उन्हें पागल बनाते रहेगें" आप नहीं जानते कि शशी के कारण ही हमारे बेटे ने घर आना बंद कर दिया है वरना क्या मजाल की तीन महीने से ज्यादा हो जाए घर आए बिना....आप जानते है...आज पूरे दो साल हो गए उसे बिना देखे....अपने दिल पर हाथ रखकर देखों कैसा लगता है.....बेटे के बिना घर......और फिर अब इस लक्ष्मी के भी हाथ पीले करने है और हाँ हम तो हाथ जोड़कर इतनी ही विनती करते है कि आप फैसला चाहो तो पंचायत में कल लो या फिर चाहो तो कोर्ट में सोच लो...जो भी करना है।"

"तो क्या यह आपका ऑखिरी फैसला है?"---शशी के पिता ने भी कठोर स्वर में कहा।

"हां तो हम क्या मजाक कर रहे है"--- मां ने शान्ति से जबाव दिया।

पर अन्दर जाने की हिम्मत नही हुई "ठीक है जैसी आपकी मर्जी"---कहते हुए पिता उठे और बाहर आने लगे सुमन की उत्कण बढ़ने

लगी थी नहीं जुटा पा रही थी...वह दरवाजे की ओर हो गई और वापस आने लगी तो पड़ोस की रामकली ने उसे देख लिया तो उसके मन में शंका हुई कि कौन थी और छिपकर क्या कर रही थी उत्सुकता का कारण यह भी था कि वह त्रिवेणी की पड़ोसन के साथ-साथ उसके दुख-सुख की साथी भी थी।

"कौन हो क्या कर रही हो यहाँ?"---रामकली ने टोकते हुए कहा।

"मैंऽऽ......तो बऽऽस" --सुमन हकलाने लगी थी, उसे समझ ही नही आ रहा था कि वह क्या जबाब दें।

"ऐं लाली"—-मैंनें पूछी कि का कर रही हो और कहाँ से आई हो इसमें मैं मैं मिमियावे की का जरूरत है। वो मैं लक्ष्मी की दोस्त हूँ सुमन ने साफ झूठ बोला जिसे रामकली न क्षणभर में ही पहचान लिया तुम झूठ बोल रही हो.....लक्ष्मी तो कहूँ जाते ही नाहै तो बाकी दोस्त कैसे.......पूरे साल में बस पेपर देवे जात है वे तो--रामकली ने स्पष्ट रूप से कहा।

"हाँ वहीं पेपर में ही तो मिले थे......वही दोस्त हो गए.......और आज मन कर रहा था....उससे मिलने का तो बस चली आई...लेकिन अन्दर कोई लड़ रहा था....तो उसके पास जाने की हिम्मत नहीं हुई।"

"हाँ बिटिया ये इनकी बहू का बाप थे.....साची बेटी बड़ौ बुरो भयौ इनके संग.....फिरऊ इन्नें पांच साल झेली बो बहू और जानत हो लक्ष्मी के बापऊ बाकी गलती से मरे है तोऊ बस घर से वापिस भेज दई है कछु कही नाये.....अब तुमही बताओं बेटा.....कोई कितनों सहन करें....बस तलाक मागों है.....और कछु नाय....कह दियों है, जो चहिये ले ले पर पिण्ड छोड़े"---कहते..कहते रामकली का गला भर आया।

"ओह!-सुमन ने लम्बी सांस भरी और उठ खड़ी हुई....इससे आगे वह सुन ही नहीं सकी थी वहाँधीरे-धीरे डगमगाते कदमों से वह वहाँ से चल दी थी।उसके कानों में कहीं दूर चलता हुआ गीत सुनाई दे रहा था।

"तेरे मेरे सपने अब एक है ,तू कहीं भी रहें हम संग है।"

बस सोचते हुए, वह आगे बढ़ती जा रही थी....उसने फैसला कर लिया था कि जो भी हो जाए वह सनी को अपनाएगी....उसके घर को अपना बनाएगी। उसके सपनों को अपने सपने बनाऊगी यह सोचते हुए कब वह अपने घर तक आ गई उसे पता ही नही चला।

(3)

घर आकर वह सीधे अपने कमरे में आ गई। माँ उसे परेशान देखकर बहुत दुःखी हो गई थी....बहुत दिनों बाद उसने सुमन का हँसते-मुस्कराते देखा था अब फिर वही उदास चेहरे को देखकर परेशान हो गई...वह पीछे-पीछे सुमन के साथ कमरे में आ गई।

"कहाँ गई थी क्या हुआ किसी ने कुछ कहाक्या"---माँ ने धीरे से एक साथ कई प्रश्न पूछ लिए थे।

"हाँ"-सुमन चौंक पड़ी परन्तु कुछ कहा नही।

"कुछ तो बता....हुआ क्या है?"---माँ ने पूछा, तो सुमन के मुँह से आवाज ही नहीं निकली बस रोने लगी.....उसके रोने ने माँ लक्ष्मीदेवी का दिल बैठने लगा था। वह परेशान हो गयी क्योंकि उन्होने सुमन को कभी भी इतना परेशान नहीं देखा था। उन्हें महसूस हुआ, कि जरूर कोई खास बात है जो कि सुमन आज इतना रो रही है। उन्होनें सुमन को शान्त किया पानी पिलाया और कहा--कुछ तो बोल क्या हुआ है, शायद हम तेरी कुछ मदद कर सकें कहते हुएउन्होंने सुमन को सान्त्वना दी।

सुमन भी शान्त हुई...उसने धीरे धीरे माँ को सारी बातें बता दी जो वहाँ हुई थी..माँ को सारी बातें जिन्हें सुनकर माँ को आश्चर्य हुआकि एक औरत ऐसा कैसे कर सकती है? वह तो करूणा दया की मूर्ति होती है और वहीं औरत किसी को दुःख पहुँचाएगी ऐसा कैसे सम्भव है वह इसी विचार में डूबी वह हतप्रत सी बैठी रही....उन्हें कुछ भी समझ नहीं आ रहा था.....कि वह क्या उत्तर दें?

"क्या हुआ माँ....आपने कुछ बताया नहीं"----सुमन ने शान्त होकर पूछा।

"कुछ नहीं बस सोच रही थीकि कितना कलयुग आ गया है.....आज के समय में तो जो न हो वही कम है शायद इसी को कलयुग कहते है।"

माँ अब मुझे बताओं मैं क्या करू मुझे सनी का साथ देना है....उसको और उसके परिवार को संभालना है, प्लीज माँ मुझे रास्ता बताओं न, मैं क्या करूँ कैसे करूँ.....बताइये न माँ-सुमन ने मायूस होकर पूछा।

"देखो सुमन यदि तुमने फैसला कर ही लिया है, तो हम भी तुम्हारे साथ है बताओं कि आगे क्या करना है"---माँ ने उसे ठांढ़स बँधाते हुए

कहा।

माँ मुझे कुछ समझ नहीं आ रहाकि मैं क्या करूँ...बस मेरा मन उसका साथ देने का है---सुमन ने उत्तर दिया।

"तो इसमें कौन सही बड़ी बात है सबसे पहले फेसबुक पर जाकर सनी का पता लगाओं कि वह कहाँ पोस्टेड है? फिर उससे मिलों उसके दुःखों पर मरहम लगाओं और जैसे ही वह पुराने घाव भर जाए आप अपना प्रस्ताव रख दों बस हो गया"---सुमन की बहन ने चुटकी लेते हुए कहा।

"नहीं काजल यह इतना आसान नही है"

"आसान न हो परन्तु इतना पता है, कि असम्भव नहीं है मेरी बहन"---काजल ने उसकी परेशानी दूर करते हुए कहा।

काजल की बातों ने उसे सहारा दिया था....वह सोच रही थी....कि जब माँ और बहन साथ हैंतो वह सब कर जाएगी। जब यह सोच ही रही थी....कि उसने देखा कि उसकी बहन अपने लेपटॉप पर सनी को ढूँढ रही थी।

"लो मिल गया sss"---काजल ने खुश होकर तेज आवाज में बोला।

"क्या मिल गया'---- सुमन ने पूछा।

"तुम्हारा सनी मिल गया"

"क्या"

"हाँ देखो न यही है न तुम्हारा कर्नल सनी"

"सुमन ने फोटो देखा तो बस देखती रह गई..हाँ यही है...देखो तो क्या पता है इसका"---सुमन ने आश्चर्य से पूछा।

सुमन ने उसका पता देखा और अपने पास लिख लिया।

(5)

चार दिन के बाद ही सुमन दुबारा से उसके गाँव पँहुची। गाँव में प्रवेश करते ही उसे पता चला कि सनी गांव में ही है उसकी बहन की सगाई जो है सुमन ने फिर रामकली से ही मिलना उचित समझा.......इसलिए वह सीधे उसी के घर पहुँची......रामकली उस समय सनी के घर जाने को तैयार हो रही थी...वह सुमन को देखकर खुश हो गयी।

"अरे तुम....सही समय पर आई हो बेटी जरा मेरी साड़ी सही कर दो। देखो न कब से लगी हूँ पर यह ठीक होती ही नहीं है। रामकली ने कहा तो

सुमन उसकी साड़ी ठीक करने लगी और सोचने लगी कि गाँव को लोग कितने सीधे होते है....बस एक बार ही मिली हूँ और इन्होंने दोस्ती बना ली और अपने कमरें में बुला लिया जबकि शहरों में तो कोई किसी को अपने कमरें में तो क्या घर के आंगन में भी ने आने दे।' यही सोचते-सोचते उसने रामकली की साड़ी सही कर दी...तो रामकली ,खुश हो गई।

"अरे बेटा तुम कैसें आई। अरे हाँ तुम तो लक्ष्मी की दोस्त हो...तो उसी की सगाई में आई होगी...मैं भी कितनी पागल हूँ, जो पूछ रही हूँ कि क्यों आई हो......अब एक काम करना....मेरे साथ ही चलना ठीक है"---रामकली ने आश्चर्य से कहा।

सुमन भी तो यही चाहती थी। उसने तुरन्तहाँ कर दी....कुछ देर इन्तजार के बाद वह रामकली के साथ सनी के घर की ओर चल दी।

(6)

सनी के घर पहुँचते ही वह रामकली के साथ अन्दर की ओर जा रही थी....कि उसको नजर वहीं काम कर रहे सनी पर पड़ी तो वह आश्चर्य चकित रह गई, कि पिछले कुछ दिनों में कितना बदल गया था वह....सुमन एकटक उसी को देखे जा रही....लेकिन सनी का ध्यान अपने काम में था। काम करते-करते अचानक उसकी नजर सुमन पर पड़ी तो वह सुमन को देखकर आश्चर्य से भर गया और सबसे आंखें चुरा कर वह सुमन के पास आ गया। वह बातें करने लगे और उन्हें पता ही नहीं चला कि कब वहउस स्थान पर आ गए, जहाँ उन्हें कोई न देख सके। सनी और सुमन के आमने-सामने आते ही वे पुरानी दो साल की, दूरी को भुलाकर एक-दूसरे की बाहों में समा गए......न जाने पुराने गिल-शिकवे कहाँ गए थे सुमन के। सुमन की ऑखों से ऑसू की धारा अविरल बह रही थी....वह बिना कुछ बोले बस रोये ही जा रहे थे। सुमन पूरी तरह भावुक हो चुकी थी परन्तु सनी सुमन को इतने करीब पाकर खुश तो था....परन्तु उसने सुध-बुध नही खोई था। उसने सुमन के माथे-मुहँ पर चुम्बन करते हुए कहा......सुमन सगाई का घर है.....घर में सब मुझे ढूँढ रहे होगें......तुम एक काम करों कि अभी जाओ मैं कल मिलता हूँ जहाँ हम हमेशा मिलते थे ठीक है---कहते हुए सनी ने सुमन को अपने से अलग करने का प्रयास किया लेकिन सुमन उसकी बाहों में ऐसे छिपी थी जैसे गौरेया अपनी माँ

के पंखों में छिप जाती है।

"सुमन मैं वादा करता हूँ, कि कल सही पाँच बजे उसी जगह, पर तुमसे जरूर मिलूँगा....वादा रहा'----कहते हुए सनी ने एक बार फिर उसे बाहों में भरकर चूम लिया था।

(7)

शाम के छः बज चुके थे, सनी का कोई पता नही था.....पार्क मे बैठी सुमन बार-बार इधर-उधर देख रही थी। सुमन को विश्वास ही नहीं हो रहा था.....कि सनी नहीं आएगा, उसका दिल बार-बार कह रहा था....कोई काम रहा होगा वरना सनी कहकर न आए यह तो हो ही नहीं सकता....इसी विश्वास के साथ वह पार्क के दरवाजे की ओर नजरें टिकाए रही.....ठीक छः बज कर प्रन्द्रह मिनट पर दूर से सनी आता दिखाई दिया तो जो सुमन अब तक सोच रही थी कि मैं बहुत गुस्सा करूँगी, बात नही करूँगी।वही सुमन रो पड़ी....थोडी देर रो लेने तक सनी ने उसे अलग नही किया....।

"अब रोती ही रहोगी या बात भी करोगी....देखो सभी लोग हमें ही देख रहें है।"-- सनी ने उसे अलग करते हुए कहा।

"तुम जानते हो, कि मैने यह दो साल मैने कैसे बिताए है.....एक-एक दिन एक-एक साल के समान बीता है मेरा"---सुमन ने शिकायत भरे स्वर में कहा।

"जानता हूँ...पर शायद तुम नहीं जानती कि मेरे साथ क्या-क्या हुआ....जिस शशी को मैं अपनी पत्नी मानता रहा.....उसके ऊपर अपने परिवार की जिम्मेदारी सौंप कर मैं आराम से देश की सेवा करता था उसने"--- कहते हुए सनी ने पूरी कहानी सुमन को सुना दी।

सनी की कहानी सुनकर पहली बार उसे लगा कि एक औरत जिसे दो परिवारों की पतवार समझा जाता है....जिसे देवी का दर्जा दिया जाता है....वह ऐसा गुनाह कैसे कर सकती है, लेकिन यदि सुमन उस दिन यदि सनी के घर न गई होती तो उसे यकीन ही नहीं होता परन्तु यह सच था। जिसका कुछ हिस्सा वह जानती थी तो उसे विश्वास हो गया।

"तो अब क्या सोचा है.....ऐसी महिला को तो जेल होनी चाहिए"---सुमन ने नाराजगी भरे स्वर में कहा।

"सोचना क्या है...अभी तो बहन की शादी करनी है। फिर शशी से कानूनी तौर पर अलग होना है फिर"-- सनी कहते-कहते रूक गया।

"फिर क्या सनी बताओं न फिर क्या?"---सुमन ने पूछा।

"कुछ नहीं जो होना होगा हो जाएगा"----सनी को स्वर भीग गया था।

"और मैं जो इतने समय से तुम्हारा इन्तजार कर रही हूँ"---सुमन ने पूछा।

"तो क्या मैं नहीं कर रहा सुमन मैं प्यार करता हूँ मेरे मन के मन्दिर में देवी की तरह बसी हो तुमसे अलग होकर जीने तक की कल्पना नहीं कर सकता मैं"---सनी ने सुमन की गोद में लेटते हुए कहा.....और अपनी आंखें मूँद ली, उस समय सनी एक मासूम बच्चे की तरह लग रहा था.....जैसे बरसों बाद शान्ति मिली हो।

कुछ देर बाद अंधेरा घिरने लगा था सुमन ने सनी को प्यार से चूमते हुए कहा---"क्या बात है, रात यहीं बितानी है क्या?"

"नहीं सुमन मेरा मन कहीं जाने का नहीं है.....बस मैं थक गया हूँ....सुमन लगता है अब मैं कुछ नहीं कर सकता बस-बस न जाने क्यूं सारे दुःख ईश्वर ने मेरे ही हिस्से में लिख दिएहै। कब तक सहन करूं और क्यो.....पता नहीं सुमन कितने लोगों के साथ बुरा किया था मैनें जो अब सहन कर रहा हूँ"---कहते कहते सनी रो पड़ा।

सनी को बच्चों की तरह रोता देखकर सुमन भी दुःखी हो गई उसने सनी का चेहरा अपने दोनों हाथों में ले लिया और समझाते हुए बोली-नही सनी नहीं ऐसा नही सोचते....ईश्वर भी उन्ही को दुःख देता है, जिसे सहन करने योग्य समझता है समझे-सुमन ने सनी को समझाते हुए कहा।

"लेकिन सुमन मैं ही क्यों"---सनी ने अधीर स्वर में पूछा।

"देखों सनी मेरे बाबा कहते थे, कि ईश्वर जिसे सबसे ज्यादा प्यार करता है....उसी की सबसे ज्यादा परीक्षा भी लेता है और जिससे वह दुनिया से ज्यादा प्यार करता है उसे तो अपने ही पास बुला लेता है.....भगवान तुम्हें प्यार भी करते है और श्रेष्ठ भी समझते है.....इसीलिये तुम्हें इतने दुःख दिये है"---सुमन कहते-कहते भावुक हो उठी थी।

"हूँ –हूँ शायद तुम ठीक ही कह रही हो....चलो अब हमें चलना चाहिए वरना माँ चिंता करेगी"---कहते हुए सनी उठ खड़ा हुआ सुमन ने भी उसका साथ दिया और दोनों अगले दिन फिर से मिलने का वादा करके पार्क से बाहर आ गए औरअपने –अपने रास्ते पर चले गए।

(8)

"माँ-माँ काजल-काजल कहाँ है सब? आज मैं बहुत खुश हूँ"--नाचते हुए सुमन ने घर में प्रवेश किया।

"क्या हुआ भई बहुत ही खुश नजर आ रही हो"---माँ और छोटी बहन दोनों ने एक साथ पूछा।

"हाँ माँ मैं सच में खुश हूँ। पता है आज क्या हुआ?"

"जब बताओगी तभी तो पता चलेगा कि आपको प्रमोशन मिल गया है इस बार छोटी बहन रानू ने प्रश्न किया नही बहना नही आज प्रमोशन नहीं मुझे सनी मिल गया--सुमन ने उत्तर दिया।

"क्ऽऽया सनी कहाँ कैसे"---दोनों ने एक साथ पूछा, तो सुमन सारी बातें बता दी। इसके बाद सबने निर्णय किया कि वह सनी से बातें करें जिससें कि वो दोनो उसके परिवार से मिलकर दोनों के सपनों को नया रूप दे सकें।

सुमन ने यह सुना, तो वह बहुत खुश हुई और उसने कहा, "कि मै कल ही सनी से बात करती हूँ, ठीक है न"--- माँ तो अपनी बेटी को वर्षो बाद खुश देखकर मन ही मन ईश्वर को धन्यवाद दे रही थी।

सुमन को दूसरे दिन का इन्तजार था....वह बार-बार उठती और घड़ी देखती...नींद उसकी आंखों से कोसों दूर थी...उसे बस सुबह का ही इन्तजार था....जैसे ही घड़ी ने पाँच बजे का अलार्म लगाया कि वह बिस्तर से उठ गई और तैयार होने लगी.....उसे सनी से शाम को मिलना था....लेकिन उससे शाम का इन्तजार नहीं हो रहा था।

(9)

शाम के छः बजते वह ऑफिस से निकली और बिना किसी की प्रतीक्षा किये वह उसी पार्क में आ गई, जहाँ उसे सनी से मिलना था। सात बजे तक प्रतीक्षा करना उसे दुःखी कर रहा था। जैसे ही सनी आता हुआ नजर आया तो वह दूर से ही उसके पास जाकर गले से लिपट गयी तो,

उसे बहुत आश्चर्य हुआ।

"अरे SSS क्या हुआ.....कुछ तो बताओं"-- सनी ने आश्यर्च से पूछा।

तुम्हें पता है, कि मेरी मम्मी ने आपको बुलाया है.....और वो आपके गाँव भी जाना चाहती है "प्लीज चलों न अभी चलों"-कहते हुए उसने सनी को साथ लिया और अपनी गाड़ी में आ बैठी सनी भी उसकेसाथ-साथ चला आ रहा था।

"लेकिन हम जा कहाँ रहे है"---सनी ने पूछा।

"मेरे घर....और कहाँ-सुमने ने शान्त भाव से उत्तर दिया और बिना उत्तर की प्रतीक्षा किये घर चल दी। ठीक 30 मिनट के बाद वह अपने घर के सामने थी....सुमन का मन खुशी से भरा था....और सनी के दिल की धड़कन रूकी हुई थी....सुमन जल्दी से उतरी और घर की और बढ़ी तो सनी के दिल की धड़कन और तेज चलने लगी रूक गई वह शान्त भाव से उतरा और उसके पीछे-पीछे आ गया।

"और ये आ गई बेटी"---माँ ने सुमन से पूछा।

"ये सनी है"---सुमन ने जबाव दियां

"ओह आओं बेटा हमें तुमसे ही बाते करनी है बैसे सुमन तुम्हारी बहुत तारीफ कर रही थी"---कहते हुए माँ ने सनी को बैठने का इशारा किया और खुद भी बैठ गई। उन दोनों के बैठ जाने के बाद सुमन बिना कुछ बोले अन्दर की ओर चल गई उसको जाते देख सनी की सांसें रूक गई।

सुमन की माँ ने सनी के साथ मिलकर फैसला किया, कि वे दो दिन बाद सनी के गाँव जाकर सनी की माँ के साथ मिलकर कुछ नए फैसले करेंगी। इस निर्णय के साथ ही सनी उठा और अपने घर के लिए चल दिया....सुमन भी उसे जाते हुए देख रही थी। उसके मन में नए रिश्ते के लिए फूल खिल चुका था।

सनी ने अपने घर आकर सुमन की माँ से हुई बातें बता दी थी। सभी उनसे मिलने को तैयार हो गए थे।

(10)

दो दिन बाद शाम के समय घर को करीने से सजाया गया था। सनी बार-बार बाहर आता और अन्दर जाता उसकी यह चहलकदमी और

घबराहट घर का हर व्यक्ति देख रहा था.....जैसे जैसे आने का समय नजदीक आ रहा था उसकी घबराहट बढ़ती जा रही थी।

छः बजते ही एक लाल रंग की गाड़ी ने सबका ध्यान अपनी ओर आकर्षित कर लिया था। सनी की माँ को बहुत आश्यर्च हुआ उन्हें विश्वास ही नही हो रहा था, कि कोई गाड़ी से भी हमारे घर आयेगा जो अनजान हो.....लेकिन गाड़ी से उतरे लोगों का स्वागत करने सनी बाहर आया और सबको लेकर अन्दर आ गया। सनी की माँ और सुमन की माँ दोनों की बातें सुनकर सनी बहुत खुश हो रहा था....दोनों ने निर्णय किया कि इन सनी और सुमन के अनजान रिश्ते को एक नाम दे दिया जाए क्योकि कुछ रिश्ते जो बिना नाम के होते है, उन्हें लोग सही नही मानते हैं।

आखिर निर्णय हुआ, कि लक्ष्मी की शादी के साथ दोनों की शादी कर दी जाएगी मिठाईयाँ खाई जा रही थी.....हँसी-मजाक दौर चल रहा था.....वहीं दूसरी ओर सनी और सुमन अपनी ही दुनियाँ में मस्त थें। वस सोच रहे थे, कि कुछ रिश्ते ऐसे भी होते है जो अचानक बन जाते है और उम्र भर कि खुशियाँ दे जाते है।

www.ingramcontent.com/pod-product-compliance
Lightning Source LLC
La Vergne TN
LVHW101952220826
846093LV00006B/183

9798886670240